爱情意识流

王鼎钧 著

广西师范大学出版社
·桂林·

爱情意识流
AIQING YISHILIU

图书在版编目（CIP）数据

爱情意识流 / 王鼎钧著. —桂林：广西师范大学出版社，2022.1
ISBN 978-7-5598-4429-3

Ⅰ. ①爱… Ⅱ. ①王… Ⅲ. ①散文集－中国－当代②小说集－中国－当代 Ⅳ. ①I217.2

中国版本图书馆 CIP 数据核字（2021）第 227598 号

广西师范大学出版社出版发行

（广西桂林市五里店路 9 号　邮政编码：541004）
（网址：http://www.bbtpress.com）
出版人：黄轩庄
全国新华书店经销
湛江南华印务有限公司印刷
（广东省湛江市霞山区绿塘路 61 号　邮政编码：524002）
开本：889 mm×1 230 mm　1/32
印张：8.25　　字数：140 千
2022 年 1 月第 1 版　2022 年 1 月第 1 次印刷
印数：0 001~8 000 册　定价：64.00 元
如发现印装质量问题，影响阅读，请与出版社发行部门联系调换。

目 录

第一辑　爱情口舌　001

爱情是一种传染病　003

初见　007

真正的恋爱　010

失恋　013

解不开的结　016

分分合合　019

美女　022

话题没完没了　025

告诉你　030

冤亲嗔痴说曾经　039

挑灯说传奇　048

第二辑　爱情结石　061

响　063

交心　074

单身温度　084

白如玉　094

没走完的路　111

第三辑　爱情意识流　133

第一辑

爱情口舌

爱情是一种传染病

爱情是一种传染病,这话是苏格拉底说的吗?看来看去不像。有人说,苏格拉底不管这档子事,这是现代才子的警句。他们看见热恋使人沉沦,很想一语惊醒梦中人,救急病下偏方,硬贴上希腊大哲的标签,这也是苦口婆心。

考证还是请有学问的人去做吧,咱们先看看热恋的人是一副什么模样。法国作家普雷沃在《曼侬》这本小说中说,"我顿觉全身燃起熊熊火焰……心扉敞开,引入千百种从未体验过的欢乐情感。一股温和的暖意在我血管中扩散开来,我陷入了某种痴迷。"卢梭也说:"我失去理智,脑袋里产生了持续的幻觉,因为狂热而颤抖。"(蒲实先生译文)维特也说:"除了她一人而外,耳无所闻,目无所见,心无所感,我一个人也不认识。"(郭沫若先生译文)74岁的大文豪歌德,居然拉着19岁的小姑娘乌尔丽克,单膝跪地,对她说:"我以前白活了!"

苏格拉底那样说,也许是假的,下面这些名言可都是真的:培根说,爱情是愚蠢的儿子。托尔斯泰说,爱情是一种误会。弗洛伊德说,爱是无限的自我陶醉的一种退化。司汤达说,爱的本质是幻想，我们和自己设计发明出来的神祇坠入情网。女性主义者波伏娃说，爱情是女人的妄想症。莎士比亚的剧本中提到，如果你的胳臂比大腿还粗，即使生理上一切正常，你仍然是个病人。不好意思，不得不提到宗教，我们最熟悉的两大宗教对爱情的看法都是负面的，我不一一征引了。

中国人讲究中庸，古今都有人认为不正常就是病。王安石，王猛，喜欢用自己的血肉之躯养虱子，是病。陶渊明不顾妻儿衣食猛喝酒，是病。尾生在桥底下等女朋友，河水暴涨，他唯恐对女朋友失信，留在原地不走，活活地淹死了！也是病！处世为人，过分谨慎或过分勇猛，过分节俭或过分慷慨，产生种种异行，许多异行和生病界限不清。如此，把恋人当病人也就无怪其然了。

咱们中国老早就有一个名词：相思病，种种症状记在小说戏曲里，现代医学说这是一种精神病。爱情指两情相悦，相思病往往是单方面"求之不得，辗转反侧"。人家有爱情，为爱疯狂，为爱憔悴，你，并没有爱情，干吗也无病打滚呢？！中国社会对这种病人缺少包容和同情，父老们说，你如果疼他宠他，他的病情会加重。

以上林林总总，对爱情病临床下药，可谓劳师动众，实际效果如何呢？一个诗人代表他们做出回应：除非山峰坍了，江水干了，冬天打雷，夏天下雪，天和地中间也不留空隙了，我才会结束恋情。

薄伽丘做出总结：爱情会自己毁灭，别人不能打消。这话前一句使人愕然，后一句使人索然，它自己会消灭？它在什么状况下消灭？

若是一个老问题不能解决，总有新说法层出不穷。论之者曰，前人所谓恋爱，通指性行为发生以前，但是爱情发生时觉得自己不完整，就是性觉醒。男子与女子密切接触产生性亢奋，要满足这种饥渴，必须结婚，性行为是恋爱和婚姻的分水岭。通常女方对婚前性行为充满恐怖的想象，怀孕、性病、始乱终弃都有非常严重的后果，为她和她的家庭所不能承担，她们会坚守防线。性亢奋不能满足产生性焦虑，性焦虑精神失常，成为哲人眼中的症状，也成为诗人讴歌美化的材料。一切痛苦到洞房花烛夜为止，因此婚姻代表幸福，号称小登科。如果爱情是传染病，性行为就是医治和预防的疫苗。

不说不知道，知道了吓一跳，论之者曰：现在还有那种苦行僧式的爱情吗？现代恋爱是和性一同进行的，女子解放了，避孕术使她们不再成为生育的机器，女子职业使她们不再是大家庭的一爪一趾。男子做了性开放的受益人，不再要求女子保持童贞。男女一同跟着欲念走，最后一个项目现在提前了，甚至位列前茅，开门见山。不说不知道，知道了吓一跳。周末晚上，你坐在咖啡厅里，打开手机，有一种社交网络替你安排异性朋友。高学历、高薪水，没有一丝风尘。郎有情，妾有意，人说到就到。进饭店，开旅馆，所有的费用两人平均分摊，第二天早晨，谁也不欠谁，谁也不怕谁，你记得也好，你最好忘掉，这一切转眼消失了踪影。

听说今天的少年人看不懂罗密欧和朱丽叶，觉得维特是个奇怪的人。《呼啸山庄》描述的爱情，"超越了那个时代接受的能力"，今天的读者觉得远远不够。今天的男女相看两不厌，是把对方当作一个完整的性对象来看，"脖子下面全是腿"，不注意"手如柔荑，肤如凝脂"。木心说："爱情，不来不好，来了也不好，不来不去也不好，来来去去也不好。"从今而后，爱情可能招之即来，挥之即去，都好。有一个父亲，听说他的儿子16岁就有性生活，暗中自豪。有一个母亲，给成年的女儿分发保险套，一如在她们未成年时分发糖果。这是爱情吗？怎么听来也像是一种病？

初见

我们天天有初次见面的人，耳目口鼻大同小异，初见的人是缘分最浅的人。可是恋人不同，据说，恋人是一双特定的人，两人体内有某种秘密装置，一旦相逢，就有强烈的感应。现代网络给了个说法叫"来电"。网络使语言简化，在只有纸笔的时代，作家有形形色色的描述。

纪伯伦说：那是一道光芒，把心的各个角落都照明了。那是在第一根心弦上发出的第一声心响。村上春树说：她身上有什么东西强烈地叩击着他的心，第一眼看到她时就觉得胸口闷得透不过气。还有人形容，一见到她如同被子弹击中。恋人初见有受到袭击的感觉，最早的说法就是丘比特的一箭。

看看那名家怎样写初见吧。在屠格涅夫笔下，初见的经验是害臊，又很快乐，浑身充满了莫名其妙的幸福感。他写小伙子坐在墙头上，看见一个女孩从墙边走过来，小伙子忘乎所以，扑通一声跳下来，落在女孩面前，甜蜜的痛苦充满全身。我这个旁观者吓了一跳，不知小姑娘吓着了没有，她的反应如何？落荒而逃，还是停下来问受伤了没有？老屠居然没有交代。

在曹雪芹笔下,贾宝玉初见林黛玉,觉得仿佛在哪儿见过,留下特别深刻的印象,后面的许多发展就自然而然了。素昧平生但似曾相识,这也是很多人都有过的经验。宗教家拿来证明前生,心理学家说哪有前生,你早已在心中为未来的那个人描形象,这个形象的原型可能是父母,可能是兄弟姐妹,可能是某一幅画像,可能是某一个演员,一旦遇见相近相符的人,你就一见倾心了。

在歌德笔下,少年维特和绿蒂初见,绿蒂正在喂她的金丝鸟。绿蒂用嘴唇含着饲料让鸟啄食,然后把鸟交给维特把玩,那金丝鸟就来啄维特的嘴唇。金丝鸟用那样尖锐的喙轮流接触两人那样敏感的部位,充满挑逗的意味,初见简直就是初吻了!让维特保持平常心也难。在蔼夫达利阿谛思笔下,两小无猜的男孩女孩一同上课学文法,男孩坐在左边,女孩坐在右边,老师带着他们一同大声诵读课文,我爱、我爱你,你爱、你爱我,听起来有唱有和,如响斯应。这个小班级以后不知产生多少小情侣,有天,这些小男生小女生会告诉人家,他们的初见在这个文法课堂。

我们都熟悉好莱坞的电影,其实欧洲也有许多好片子。有一部中文译名《长相思》,就是以初见为题材。城市里的一个男大学生到乡村度假,由当地的火车站站长热心接待。站长有女初长成,绮年玉貌,而当地没有一个"郎才",以致这个旅行的青年掉进天造地设的恋爱乐园。男的呆,女的活,女的盘旋进退,男的手足无措,男的似被动而实主动，女的似主动而实被动。女主角娇憨精明，无端羞涩，忽然大胆，男主角对她立下不能实践的誓言。

"初见"之后，继之以初恋，初恋无常，风流云散，那时初见就成了一个伤口。纳兰性德感叹"人生若只如初见"有多好！王曦和金十三假设"若是不相见，若是不相恋"！主编刊物的先生女士们，常常接到一些少年男女的稿件，用"寄不出的信"做题目，写自白式的抒情文。他或她，对着已失去联络或不便再有联络的另一方，说一些温柔缠绵的话，惆怅往日，惋惜未来，轻颦浅愁，展示情感生活的"初段"。

一个人能把自己的影子趁少年时印在另一个异性的心上，也是一大幸福，因为你将一生被他相忆不忘。你漫不经心所说的几句话，可能被他当作一种哲学来体会猜忖，从中悟出人生的道理来，到中年、晚年还受它支配。一天相聚，去思终身。在这方面，论者常常强调女性对男性的影响，作家池莉女士曾说，好多男人的实际的一生是从有了女人开始的。年长的作家冰心老人说，世上如果没有女人，这世界至少要失去十分之五的真，十分之六的善，十分之七的美。

真正的恋爱

　　真正的恋爱，是"一次，只有一次，而且只对一个人"（吉卜林语）。玛格丽特公主失去汤生上校后，就草草下嫁给一个摄影师了，何故？"反正都不是所爱的人，嫁谁都是一样。"这句话见于《飘》，见于《亚当先生》，又见于当代国内某女作家的小说，今又见于本文，真名言也。

　　真正的恋爱，是两个人的身心完全契合，所谓心有灵犀、心心相印是也。如果嫌中国成语陈腔滥调，那就来一句艾略特（Thomas Stearns Eliot）的吧：两人不需要语言就能做同样的思考，不需要意义就能喃喃着同样的语言。人之为人太复杂精巧，太微妙，两个人完全契合太不容易，碰上了，是奇缘异数，拆开后，绝难再有完全相同的另一个来配补。

　　他们两个是琴和瑟，合奏时缠绵，你中有我，我中有你。他们两个是弓和弦，如胶似漆，造物时我为了你而生，你为了我而生。一如蔡诗萍所说，感情之泉，极其幽微。有时，坐地自涌。有时，滔滔不绝。有时，突然陷落，不复再现。有时，涓涓细流，绵远悠长。有时，呜咽自伤。有时，仿佛倾吐。有时，幽幽怨怨，诉天诉地。有时，激扬顿挫，欢情无限。

世人太忙碌，太浮躁，不能了解他们，也不知道尊重他们，幸而这世界上还有诗人。一个匈牙利诗人替恋人说：我愿意是树，如果你是树上的花。我愿意是花，如果你是露水。我愿意是露水，如果你是阳光。如果你是天空，我愿意变成天上的星星。如果你是地狱，我愿永堕地狱之中。

你看李进文的情诗：阳光撞过来，我想起你。尘世撞过来，我想起你。一只苍蝇以及随后一对白头翁撞过来，我想起你。客厅里的大寂静撞出去，我想起你。盈室兴旺的种种叹息撞出去，我想起你。撞来撞去的过程，玻璃心一片澄明，而我破碎了。

你看《呼啸山庄》的男主角：我低头看室内的石板地，她的面容就会出现在上面。在每朵云上，每株树上，在夜晚的空气里，我的眼光无论落在什么地方上，总能看得见她。（杨苡译文）你看茨维塔耶娃说，我生活中每一个车站，我命运中每一棵每一棵灯柱下面，每一条沥青路，都有你。

你看沈从文说，望到北平高空明蓝的天，使人只想下跪。你给我的影响恰如这天空，距离那么远，我日里望着，晚上做梦，总梦到生着翅膀，向上飞举。向上飞去，便看到许多星子，都成为你的眼睛了。你看钟晓阳说，她的视野日渐狭窄到只容他一人，他背后的东西她完全看不见，一切远景都在他身上，甚或没有远景，他就是她的绝路。许多以前爱的东西现在不爱了,世上的事物开始漠漠待她,她也漠漠地待它们。

这些人,广义的诗人,树立恋人的形象,提高恋人的地位,使恋人受人怜惜,受人尊重。甚至连乡野间泼辣辣的热情女子,也高声呐喊,语惊四座,使人刮目相看:

人人劝我丢开罢,
我只得顺口答应着他。
聪明人,岂肯听他们糊涂话?
劝恼我,反倒惹我一场骂。
情人爱我,我爱冤家。
冷石头,暖的热了放不下。
常言道:人生恩爱原无价。

《白雪遗音》

失恋

恋爱的人爱唱歌、爱换衬衣、爱笑、爱沉思、敏感、紧张。一旦所爱的人负心，他的精神立刻改向相反的方向变化，本来是膨胀，现在是萎缩；本来是兴奋，现在是沮丧；本来是敏感，现在是麻木；本来如醉，现在如死；本来是乘法，现在是开方；本来是加法，现在是减法，减到原有的数目时并不停止，还要继续往下减，这是人间的一种恐怖。

诗人说失恋是"城市陷落的感觉"，马里兰州一个失恋的青年，身上绑着炸弹，闯进电视台，警告大众世界就要毁灭了！人间万事，报纸不能一一记载。我知道有一个男人，用极高明的技巧和极大的耐心去追求女孩子，他的职业和仪表，也颇有时下女孩子动心的地方，然而等到他能把猎获物置于俎上，就收回一贯的温柔和殷勤，对她凌辱，对她嘲笑，最后弃之不顾，重新寻找猎逐的目标。他何苦要这样做呢？理由是，他曾经失恋，现在要制造别人的痛苦。"制造别人的痛苦"有时候可以用合法的方式完成，《金色夜叉》的男主角在失恋以后，替放高利贷的人收账，天天去逼债务人，逼得他们走投无路，男主角最终成为一个最优秀、最有效率的收账员。

不论虐人、自虐，或兼而有之，都证明失恋能发生一股很大的力量，这大概由于热情的宣泄口被堵住了，必须另外改道。"改道"是大智慧，大学问。杀人害人，报复泄愤，当局者纵有千般理由，总是为感情凿一个新出口的工作失败了。失恋的人往往只感觉那满胸的郁积是负担，往往不能觉察那也是他的资产，它能产生惊人的动力，使他在学问上、事业上、写作上大有建树。

说来也算是社会的进步，到了今天，失恋的人很多，把炸弹绑在身上的人少了，他们不到电视台去示威，他们进"失恋理发馆"去把头发剃掉。中国人有个说法，理发可以改运，头发重新生出来，一元复始。成都就有这么一家理发店，专为失恋的人理发，不收费用，店里挂满了跟失恋有关的标语，例如"吃不到的醋最酸"。这家理发店的老板何以有此品位？莫非他也是失恋中人？消息传出来，都说给中国人塑造了很好的形象。

外面有一个运动，失恋的人在情人节这天通过做好事来"复仇"，口号是复仇，行为却是把情人从前送的东西捐给慈善机构义卖。人家送你的礼物，你以极低的价格把它卖给穷人，这是对送礼的人表示藐视，旧物出清，房间空出来，心也空出来了。还有一些人请动物园帮他复仇，动物园养了很多蟑螂做鸟和爬虫的饲料，他去认领一只蟑螂，就有权利给这只蟑螂取个名字，失恋的人可以把恋人的名字给这只蟑螂，亲眼看它被鸟被蛇吃掉。如果住得远，这件事可以远程办理，你坐在家里在线上看"复仇"。最后，动物园还给你一张证书！

现在还有人拿阿Q说事儿吗？可能没有了，这一代人已从上一代设计的"意缔牢结"中蜕出，有新的人生观。王家卫导演的《重庆森林》有个说法，失恋后留下的情感是过期的罐头，5月1号到期的凤梨罐头，吃到4月30日晚上为止，第二天就不吃了。还有一个名词"爱情垃圾桶"，百百千千的人引用，失掉了源头。失恋以后，爱情变成垃圾了，你如果还把它藏在心里，你这个人就变成垃圾桶，当然马上倒掉！

理发，买蟑螂，无非是一个招式，表示"倒空"。不管改运还是倒空，都是成长的一个过程，成长并不停止，成败也没有定论，后面还有无数下文。有人认为失恋是站在悬崖上，只有跳下去。有人却对失恋的人说，跌到谷底，不论往哪个方向走都是向上。

解不开的结

我们都听说古希腊留下一个用绳子打成的死结,很多名人专程去研究这个结,想亲手解开它,都失败了。亚历山大大帝前往察看,一剑劈开。

电影公司拍摄亚历山大大帝的生平,特别设计了这么一个结,绳子很粗,绳结也很大,绳结外面没有绳头,外观很好看,虽然我知道亚历山大大帝会怎么做,当他一剑劈下去的时候,我还是大吃一惊。

我们有些人可能没有听说,中国古代的宋国也有这么两个结,君主悬赏征求解结的人,许多良工巧匠都来应征,没人成功。最后来了一位高手,他先把其中一个结解开了,再去看第二个结,他对君主说:"前面第一个结是解得开的结,后面这第二个结是解不开的结,既然是解不开的结,那就不要去解它。"

这两个故事谁先谁后,谁影响了谁,那是比较文学教授的兴趣。这两个故事的滋味谁酸谁甜,谁有参考价值,那是你我的兴趣。我觉得亚历山大并没有把结解开,他是把结劈开的,这叫文不对题,他一剑劈下去的时候,我想起"只识弯弓射大雕"。弟兄俩争产,为了一件瓷瓶相持不下，一怒把瓷瓶砸了，每人分些破片，亚历山大的行为岂不类似？

我们也都听说两个妇人争一个孩子，都说自己是孩子的生母，最后由所罗门王公断，那时候没有办法鉴定亲子关系，所罗门王声称要把孩子劈成两半，两个妇人各得一半，大家一听都傻了。

问题到了中国人手里另是一番谋算。原来"结"分两种，一种可以解开，一种不必解开，从电影上看，古希腊贤者留下的那个绳结根本是一件艺术品，不必解开，亚历山大大帝多此一举。所罗门王要把孩子劈成两半，只是虚声恫吓，心理作战，这一点中国人很欣赏。若由中国的县太爷主审，依中国旧时风俗，那孩子可以两家共有，他可以有两个父母，可以尽两份孝道，可以继承两份遗产，他生的孩子一个归这一家，一个归那一家。

中国人有一项手工艺品，专门用丝线打结，称为中国结。这种专用的丝线比较粗，文言文称之为"绦"。中国结未必都是球形立体的，也可以在平面上密集编织，组成各种形状，如果是两颗心，叫作同心结，中国诗人吟咏的题材。中国的家庭工艺品自成专门技能，复杂精巧，供女儿家磨炼性情，消耗青春，成为"淑女"。深闺之中，"鸳鸯绣出凭君看""劝君莫结同心结，一结同心解不开！"也释放了多少爱情的幻想。这种同心结也是打不开的，象征从一而终，"结"就是目的，就是结果，并非过程手段。这些结也都成了礼物、饰物、信物，最后成为文物。

中国有同心结，西方有"同心锁"。奥地利的萨尔斯堡有条河，有河就有桥，这座桥不准人车通行，专供世界各地的情侣流连，成为著名的情人桥。据张至璋先生描述，情侣们都带来一把钢锁锁在桥两边的栏杆上，有些锁上还刻着两个人的名字，象征彼此的爱情坚固永久，然后把钥匙丢进河中。只见千万把大锁叠叠累累、色彩缤纷，如同大桥结出来的果实，使人觉得锁比桥重。

可是王曦、金十三的歌词说："锁你，锁心，锁不住梦醒。"最后，爱情成为一把生了锈的锁，一颗爱情结石，一种爱情结核，这个结难分难解，亚历山大也无从下手。在亚历山大看来，同心结、情人锁都是雕虫小技，他以为挥剑劈开那个大结的时候，天下千万个小结都化成灰烬。他听不见旁边有个人低声叨念：哀哉哀哉，你只见宝剑下去一结劈开，却看不见宝剑举起时一个更大的死结编了起来！

分分合合

管道升是赵子昂的妻子，世称管夫人，夫妇都是著名的书画家。赵子昂50岁的时候想纳妾。古人有两句格言，意思是说，想娶姨太太要和太太商量，想退休要和儿子商量。赵子昂就把心中的想法写成一首词给妻子看。这位管夫人马上也写了一首词回应，她这首词很出名，多少人讨论爱情和婚姻的时候都引用了："你侬我侬，忒煞情多；情多处，热似火；把一块泥，捻一个你，塑一个我。将咱两个一齐打破，用水调和；再捻一个你，再塑一个我。我泥中有你，你泥中有我；我与你生同一个衾，死同一个椁。"

在这里，我接着引用西方名贤留下的警句与之呼应。福楼拜说：真正的爱情是双方互相无条件投降。泰戈尔说：友谊是一加一等于二，爱情是一加一仍然等于一。屠格涅夫说：爱情是另一个"我"深入到你的"我"里，你被突破了，同时你被扩大了。乔治桑说：爱情要求双方各自放弃自己的意志，以便融为一体。还有什么人说：爱情是氢和氧的化合，在那爱的清泉里再也找不到单独的氢和氧。你看，管夫人和他们不同时，不同地，不同文，不同种，想法说法，居然大同。

接下去我要说人有个性，中国旧日的大家庭对待新入门的媳妇，第一要务就是使她失去个性，换成"群性"。亲朋宾客异口同声地要她宜室宜家，放在哪一间屋子里都合适，无论跟丈夫在一起，跟公婆在一起，跟妯娌跟小姑在一起，都没有自己，所以旧式婚姻由老人事先考虑六亲安详五世其昌。媳妇原是娘家的掌上明珠，也有自己的个性，爹娘处处顺着她的性情，即使她不讲理，很霸道，大家也让她三分，这个阶段的女孩子众人尊之为姑奶奶，这个称号亦庄亦谐。爹娘知道，女儿是要出嫁的啊！她的好日子也只有这么几年啊！等到桃之夭夭，灼灼其华，母亲早已哭红了眼睛，反复向女儿叮嘱在家和出嫁的差别。女儿哭哭啼啼上了轿，然后受尽委屈也不能再哭，因为啼笑也是个性啊！

这样的婚姻，这样的家庭，我们都曾口诛笔伐，女权运动家更不惜扮演洪水猛兽，千辛万苦，前赴后继，迎来了"现代"。现代潮流尊重别人的个性，发展自己的个性，婚姻不是无条件投降，而是有条件合作，没人能像打破泥人一样把她的人格打碎，由你掺进泥沙重塑一个。妻子个人的信件，丈夫不能拆开看；妻子个人的存款，丈夫不能动支；妻子不认同的事，丈夫不能勉强。美国有夫妇俩合办了一张报纸，丈夫是共和党，妻子是民主党，选举总统的时候，这张报纸的社论每周一三五支持共和党的候选人，二四六支持民主党的候选人。妻子可以和丈夫分床，分房，分炊，分居，对丈夫说"我要离婚",然后,双方交换的文件不是诗篇而是律师信。

从前的那种婚姻是用一根绳子把两个人绑在一起,现代的这种婚姻是把两个人放在跷跷板的两头,妻子可以去和另一个人荡秋千,丈夫也可以去和另一个人打乒乓球。女子有了个性,行事特别惹眼,其实男子并不安分,别忘了管夫人两口子的婚姻危机就是男方开的头。"风随着意思吹",意见领袖的口径一变,一个说:"现代性就是过渡、短暂、偶然。"一个说:"爱不是婚姻的基础,婚姻是两次激情之爱的间歇。"一个说:"未舍旧爱,又得新欢,犹如日在西山,月已东上,交相辉映,赏心悦目。"一个说:"性对象又似书本,读了一本还想再读一本,只有一个性对象,等于只读了一本书。"

现在什么都有学术研讨会,那个"性事务研讨会"经过25年的研究,发表结论,每个人都有能力同时爱几个人。"一次,仅仅一次,而且对一个人?"那是底片感光,现代婚姻像油画,你可以在旧画上面另作新画,画了一层又一层,现代技术可以把古人留下的油画一层一层揭开。于是有了一个名词叫"婚姻历史",一个人的婚姻也有李唐赵宋。

美女

理想的女性是何等模样？张潮（《幽梦影》的作者）主张她"以花为貌，以鸟为声，以月为神，以柳为态，以玉为骨，以冰雪为肤，以秋水为姿，以诗词为心"。假若我们能把这样一位女郎送到长堤去，那里的评判委员必定也和张潮一样说："吾无间然矣！"美女之美，实在不易说个明白，张潮彩笔在握，还得借重一连串的譬喻。"花"指色泽光洁生气充盈？"鸟"指清音婉转？"柳"指婀娜曼妙？"玉"指骨格清雅？"冰雪"言其洁而润？"秋水"指的是出尘吧？"诗词"指她的意念和诗词的境界一样高雅吧？"以月为神"是说她有一种夺人的感染力吗？文言文中一旦出现"神"字，很难言全，越说越"隔"，只有"神而明之存乎其人"了。

美女与自然美景同是天地化育下的杰作，我们如果精于赏花、听琴、玩月、写柳、鉴玉、远眺冰雪秋水，从花、鸟、月、柳、玉，冰雪及秋水中领略自然造化的诸般精妙，才能通悟张潮所悬的美人标准。他是希望自然造化的诸般精妙能由一位女郎具备，再希望像氖气注入霓虹灯管一样，在她身上也贯注优美的文化气质。

这一标准可圈可点，可是这一标准也非常主观，爱种茶花、爱饲百灵、爱看新月、爱读李后主的你，和爱调鹦鹉、爱培东洋玫瑰、爱看满月的我，供奉着两尊不同的女神。西人选美时拿一把尺朝女郎身上量来量去，他们的头脑"科学"得出奇。在中国，严世蕃买妾也这样做过，民间故事有此一说，结果被当作笑料流传。照我们的老前辈的意见，美女的尺寸是"增一分则太长，减一分则太短"，究竟应该几尺几寸，问各人自己。

由印度来的故事里，也谈到美女的条件。他们说，上天为造天地万物和男人已把材料用完，可是他还想造个女人，于是他使用月的曲线、蛇的柔软、柳的修长、鹿的目光、兔的畏怯、孔雀的骄傲、鹦鹉的多言、雪的冰、火的热和风的反复无常，依照他们的传统，这一尊杰作是上列诸般的总和。这个小故事很有意思，比旧约《创世记》动听。《创世记》说女人的材料只是男人的一条肋骨，太单调乏味了。

印度来的故事对张潮的"学说"又颇能有所补充，张潮的譬喻多用静物，印度神话却多用动物，使女性有个性、有血气，活蹦乱跳，宜嗔宜喜。张潮对美女只肯远看，未能（也许是不愿）见出人性的真。神话看中了月亮的曲线，也许是取它的饱满吧。柳的修长加上蛇的柔软，即不是娴静而是妖娆。以下几句写性格更明显，机警灵活（鹿），顾影自赏（孔雀），情感变化剧烈（雪、火），不易捉摸（风），而又普遍的较为胆小（兔）。这些个性，你可以说是她的缺点，也可以说是优点。试想，轮船触礁时，太太若不捶着丈夫的胸口喊"怎么办？"那还算什么太太，女朋友看见一只老鼠若不吓得紧紧靠近男朋友，那还算是什么恋爱？

　　要产生张潮所说的那种美女，得有个平静保守的社会，她的父母不能太忙，她家的屋子不能太小，她接触的男性不能太杂，她的实用观念不能太发达，她的邻人不能太赶时髦。不过"人才"的产生有时难以常理推求，西施虽经常跪在溪旁浣纱皮肤却并不发黑，手指也不发粗。张潮推荐的那种美女最宜出来参加选美，最宜被人当一幅画看。印度神话所说的那类美女则不是好画而是好戏，适合男人去做情感的探险。

话题没完没了

妻子问丈夫:"要是我跟你的妈妈都掉进海里,你首先救谁?"这个问题太有名了!有一个丈夫干脆回答:你们落水以前,我自己先淹死了!

有一个丈夫说:两个都救,我左臂挟着一个,右臂挟着一个,一同上岸。

有一个丈夫说:我们全家这一辈子不坐船。

有一个丈夫说:你和妈妈不会同时落水。六月六,你在黄河落水,我把你救起来;九月九,妈在长江落水,我把她救起来。

这些都是丈夫的答案。作家张小娴女士用妻子的口吻另有见地,提出一个经典答案。她说:"我真心认为,一个男子汉大丈夫,一个有情有义的男人,无论如何,应该先救自己的妈妈。别救我,用余生内疚和想念我吧。"

*

有人问:珍珠的价钱那么贵,又不能增值,为什么有那么多人买珍珠？

问得好！男人买珍珠不是为了自己，他是为了伊人，珍珠的颜色配伊人的肤色，伊人可爱，珍珠也可爱。

谁说珍珠不增值？到金婚、钻石婚那天，人老珠黄更可爱，证明在有形的条件之外还有一个无形的条件，那就是爱情。

有人问：现在有个新词叫"逼婚"，父母逼儿子结婚。儿子在远方工作，过年过节要租一个临时的女朋友带着才敢回家。这事很普遍，怎么没听说他们弄假成真？

问得好！租来的女朋友，想必各种条件相当，在媒妁眼中是天作之合。他们演戏给父母看，彼此也有很好的默契，可是曲终人散，船过无痕，这说明两人在有形的条件之外还有一个无形的条件，爱情。

爱情分明在，别再说它没有。

*

有需要就有发明，现在果然有恋爱训练班、恋爱训练营。某些国家捉到了强奸犯，送他进恋爱训练班，一如捉到了小偷送他进职业训练班。

新闻报道，恋爱训练的生意很好。恋爱的痛苦，有一个很大的比例来自无计可施,如果囊中有三十六计,一计不成又生一计,这就"成固欣然,败亦可喜"。他们传授追求异性的方法,也为你制造和异性接触的机会。除了教室授课,他们还用电脑虚拟了许多情境让你实习。

恋爱只是主观的意愿,要有方法才能达到客观的效果。"法非法",你也不能让她感觉到你在运用方法,如果对方也被爱情冲昏了头脑,他(她)也不能发现你有方法。

*

明代诗人都穆有一首诗咏叹守贞的节妇:"白发贞心在,青灯泪眼枯。"沈周替他改了一个词,把"青灯"改成"青春",理由是《礼记》规定寡妇不夜哭。大家叹服。就诗论诗,改得并不好,大家何以要叹服呢?

那时诗人都穆年轻,想得不周全。寡妇半夜哭泣,哭声达于户外,小户人家房子小,路人都听得见。几乎所有的男人都会这么想:她为什么哭?当然是想丈夫,三更半夜想丈夫的哪一点?应该与性有关系。这些男人发现,这里有个寡妇性苦闷了,守不住了,其中就有男人认为有隙可乘,这个寡妇就会招来性骚扰、性强暴。

常有年轻的朋友问我,当年男人何以要对女人那样专制虐待,完全剥夺了她的社交自由。这等于对这个世界的人说另一个世界的事，一言难尽，说多了大家也没有耐心听。从前，女人不能保护自己，靠男人保护，凡是仰赖别人鼻息的人都处于不利的地位。保护者为了方便省事和有效，必定设下许多苛刻的规则，如"男女授受不亲"之类，为今天的年轻人不能想象。

至于"寡妇不夜哭"，现在已经不成问题，今天的寡妇不必夜哭，电视台林立，连续剧如江河，足以消耗她全部的精神气力，直到白发。

*

恋爱训练的教材劝学员不再跟父母住，不要做个工作狂，不必准时下班回家，多参与社交活动，多与异性接触。

是了，每个单位里都有这样的人：人家不愿意加班，他来加班；人家不愿意出差，他去出差；人家不愿意开会，他代表你开会。这样的人会错过许多恋爱择偶的机会。

每次社交活动你都可以看见这样的现象：几个闺蜜聚成一小团，窃窃私语，五步之内苍蝇绕道。几个"哥儿们"围成一小圈，高谈阔论，风吹不透，水泼不进。怎么能把他们打散了，重新组合？

至于父母这一关就更微妙了。"丈母娘看女婿,越看越有趣",可是"婆婆看媳妇,越看越吃醋"。她既盼望抱孙子,又怕失去儿子。多少小伙子"有了横抱的娘,忘了直抱的娘",直抱,坐在椅子上抱他;横抱,躺在床上抱他。这两句俗语很辛辣。

前文介绍过那个天下最难回答的问题。妻子问丈夫:"要是我跟你的妈妈都掉进海里,你首先救谁?"据考证,第一个发出这张问卷的人不是妻子,而是母亲,它不是一个单独的问题,它是一组问题的代表,背后有大串潜台词:将来,你的媳妇跟妈妈吵架,你帮谁?将来,你赚了钱,买了点心,先给媳妇吃还是先给妈妈吃?妈妈生病,媳妇也生病,你先给谁熬药?……

我们可以看到许多节目,读到许多文章,告诉天下小伙子,买了点心要先给妈妈,我在这里也同样劝说。我也还记得,汉朝有一个人,名叫向子平,他在儿娶女嫁之后,入山修道去了。

告诉你

我喜欢看地图。我可以从图里找到你。图上一片均匀鲜明的苹果绿，恰像我们坐过的草地。我不看棋子一般的黑点，只看棋盘上的空隙，因为你在那空隙里。

告诉你，地图这件东西要多神秘有多神秘，它可以把你的故乡、你的国家排在平面上，缩进你的口袋里，让你带着千里万里奔走。再大的城市也不过是一个黑点，一个像蚕子一样的圆点就淹没几百万人，遮住多少高楼大厦。像你住的小镇，还不够聚成图上的一个点呢！镇太小了，那个被称为地理学家的魔术师，只好把你丢弃在一片绿茫茫里。那里本是你一向喜欢的草地，我不放心的是，春草可年年仍绿？春风可年年仍柔？

啊，绿啊绿，绿得我想卧下去吃草，想长眠在根下土中不再起身，在昏黑潮湿中等着听你踩下来的脚印。每逢我这样想的时候，地图上那些碍眼的点，碍手碍脚的线，一律忙不迭地向后退，向后退，退出我的视界。绿色的平面随着放大，放大，放大，接地连天，再没有别的影子。我能看清地上的每一片叶，叶上的每一颗露，露里的每一个你。绿将我包围，将我覆盖，将我深埋于万丈之下。你在万丈之外缓缓行来,我能感觉到你的压力,知道你踩弯了什么草,踢碎了什么花。我知道你的裤管离脚面几寸,知道你会在我头顶站住。

就是这样,我被埋葬的许多年。

听说某大学的图书馆里锁着一部地图,不轻易打开。我偏偏想看,想得要命。告诉你,我终于看到了!我只看到跟我们共同有关的那一部分,当然,已经够了。这部地图真详细,你住的小镇,我住的小镇,赫然画在上面,而且有一滴墨渍那么大,让我想起我们年轻习字时滴下来的墨水。镇外的小丘、小河,也画得清清楚楚。小河在镇外流过的时候不是转了个弯吗?连那个水弯都画出来了。当时,我简直以为我的灵魂回去了。

那条小河现在怎么样了?想到它,我觉得渴,渴得要命,想拼命喝水,而且只想喝那条小河里的水。我们是喝它长大的。它是云的镜子,鸟的镜子,我们的镜子。当我们懂得为人生哭泣时,我们的眼泪大部分是落在河里。我们能看得见自己哭泣的模样,看得见泪珠在跌入河水之前最后的闪光,看见水面的淡妆被泪击碎时那一阵美丽的扰乱。哭泣之后的渴是真正的渴,于是我们掬水而饮,饮自己的泪,也饮对方的泪。

对着地图,对着河,我渴,我的泪潸潸而下,渴中流泪是真正的悲酸。在大学图书馆幽暗的一角,我哭到打铃下班。愈哭愈渴,不能相信自己体内有那么多的水，一定是血变成了水再流出来。上天恕我，我一时粗心，弄湿那本珍贵非凡的地图。管理员跑来斥责我，像呵斥一个小孩子。他们宣判，我永远不能再到这里来看书，这是很严重的处罚。不过，没有关系，我完全不想再看别的书，我已看到自己的梦，自己的魂。

*

我说，医生，我头痛，痛得难以忍耐，难以形容。好吧，不要心急，我们来研究研究你的病情。我脱光上衣，任凭他们敲敲打打，听诊器冷森森怕人，蓦然贴在肉上，像冰刀戳了一下。照 X 光的时候，那样的设备，那样的姿势，是躺在砧板上的鱼。后来，他们在我头上摸索，找出每一根血管，在每一根血管外面贴上一根电线，所有的电线通往一座机器。他们让我想，让我惊惶，让我愤怒；让机器在我的各种不同的情绪下，画出连绵不断的乱纹。

"好啦，你回去吧。"

"我的病怎么办？"

"你没有病。"

"没有病怎么会头痛？"

"完全是心理作用，你以为你有病，你希望你头痛。"

庸医，鬼话！我要继续寻找，找最高明的医生，找最好的医院。当初分别时，你再三叮咛：身体要保重！

终于，我找到一位脑科专家。

他问："你是不是喜欢想东想西呢？"

他的语气那样随便，使我微感不快。

我说："我思考的时候是很严肃的。"

"当然！"他听出我的语气中带一点纠正，并未介意，"你想得太多，太严肃，头部的肌肉太紧张，于是头痛；你是头部的肌肉在痛，这是仪器检查不出来的。"

亲爱的大夫！你完全对了！我的高兴和感激，简直可以塞满他的诊所。如果我是个美女，一定跳起来吻他一下。我天天想你，朝朝暮暮思念你，这思念，附带产生了多少追悔、多少忧虑、多少恐惧、多少空虚，我才会头痛的啊！只有我的头部肌肉知道我多么想你！只有这位脑科专家知道我多么想你！

告诉你，我始终不以为我们天各一方，重逢无期。我以为，我在这城里，你也在这城里，只是我们彼此不知，只是那蓦然回顾的机缘还没有来。车站上，戏院外，晴天假日的公园里，人潮涌出涌进，无尽亦无休，其中必有一个你。我总是喜欢选一个有利的位置，目不转睛地看，能看多远就看多远，能看多清楚就看多清楚。我恨不得把眼珠捏在手上向前伸出去。必有一天，我看见你在这里，与我咫尺。不止一次，我坐在那里，向一群陌路人注目，预支与你重逢的快乐，微微而笑，笑得好甜好甜，好久好久。忽然，一只无形的锥子穿透了我的脑，难以形容、难以忍耐的头痛从此发生了。

想你想糊涂了，若不是脑科专家提醒，也许没有恍悟的一刻。此刻，我的头在痛，心里非常快乐，对于以前一次又一次鞠躬如去受医生审判，自知非常不智。痛就由它去痛吧，让我向爱神缴税吧！让我们之间多一重关联吧，让我奉你的名受些折磨，并在折磨中得些回甘吧！

告诉你，脑科专家给我的名贵药品，全在马路旁的废物箱里，我为什么要吃那种东西？！

*

再见！谁知道呢？我们也许永不相见。也许相见已老，只能在心底默唱。也许我们无人再愿意谈往事听旧歌，决心不使旧创流血。将来的事谁知道呢！我只知道此时，此时旧日的歌声永在我心里震动，除非心脏休止。我能听见我声音中的你，你声音中的我。它是自动地、不随意地响着，响得很洪亮。可惜我不能张口，张口便错。我只能保持内在的鼓噪、外表的沉静，秘密地享受兴奋激动。

我常想，我们记忆中的这些歌，当年原也十分流行，而今，茫茫人海中，仍然爱唱的人何止你我？我常常幻想某一个陌生人也是，对他微笑、亲切，弄得对方莫名其妙。在车站候车时，我常常哼几句歌，偷眼看别人的反应，如果旁人也能跟着哼一两句，这歌就不啻是我跟他的同好证、金兰帖，彼此注定了非做朋友不可。

说也奇怪，我从来没有找到这样的人，好像世上只有你我两个知道这种绝响。想到这里，我觉得幸福极了，也痛苦极了，两者调成的鸡尾酒，滋味难以形容得很呢！

思念你，不能不思念那些歌，什么时候想起歌，自然也想起你。在这个多歌的城里，我写了很多首歌词，其中有几首正在大大流行，任何晚会、任何歌厅里总有机会听见。有一天晚上，我穿过一条巷子，巷内家家都在收看电视，而电视正在播放我写的歌，我的歌曲由巷头响到巷尾，形成全巷家家户户的大合唱。他们哪里知道，这歌赶不上当年我们所唱过的那些歌，连一半也赶不上。他们哪里知道，我的歌是在想你的时候写的，是为你写的，应该由我唱给你听，而我不会唱，你也听不见。我在巷口站住，怅然若失，觉得这首歌真是可惜。

我的歌既然已经流行，将来也总会有余音留下。纵然我永无机会再见到你，我的歌也许有一天能够飘到你的耳边。那时，这些歌已不知在多少人口中辗来转去，已无人知道这歌的底细。而你，聪明的你，多情的你，偶然听到，也许要发生特殊的反应吧！因为，这是那些热心饶舌的人在传诵我的遗言，遗言的内容乃是"我爱你"呀！

*

我还能再见你？不能？为什么不能？也许能够，也许你已出发或我已出发在相会的途中。我们正愁时，月落而星沉，我们方睡去，风起而潮涌。愿再见，愿再见，愿再见，愿再见……

当我这样默祷时，内心充满了恐惧，唯恐自己的愿望落空。这种恐惧，有时使我战栗。我感到赤身露体在冰天雪地中奔走，不知道目的何在，唯一的成就是脚板留在雪上的血印。我冷，我怕，可是我得把血印印下去。我不想活下去，可是所有的河俱已冰封，没有一滴水可以将我淹死。生之艰难，死之艰难。分别的艰难，再会的艰难。我索索地抖了。

回忆是零下的气温中仅有的一点热，想想我们共同有过的过去，我觉得心仍跳动，此身未死。想必是天公有意留我。我书桌上的闹钟忽然发生一种奇怪的毛病，它倒着走，在急促细碎的嘀嗒声中，分针由9移向8，由8再向7。这种现象，本使我十分惊讶，可是，我不久就深深地爱上它，珍惜这种难得的反常。从此，我有了最好的安慰，把这只闹钟高高放起，望着它，听着它，在眩惑中，月东沉而日西升，枯骨再生红颜，丁令威解开行囊打消了离乡之行。车由终站退回起站，旅客沿途捡回自己的遗失。于是，我还是我，我们还是我们。那是何等的美妙啊！望着闹钟，我常常不知道一天已过去，不知道一天已开始。

看惯了倒退的分针，对能够指出正确时间的表面反而看不顺眼，我已多年无手表，并且非常讨厌电台的报时。"现在的时间是下午4点整"，谁也听得出，播音员的腔调充满了恶意。在回忆中随时可以见你，有回忆即已足够。不需要明天，不需要未来。未来是不确定的，未可知的。只有过去才完整，才舒适，才轻而易得。

我不喜欢钟表，我不喜欢路，愈宽愈平愈长愈直的路，人家愈赞美，我愈要咒诅。路千条万条，没有路能通到你的门前。路是一些射出去的箭。路只是便于分离，强迫我们愈离愈远。在迢迢长路的另一端，"明天"在窥伺，而"明天"最可怕。超级路面，刺目伤心，我不肯走，我不要把歪歪斜斜的血印印上去，不要去挨近"明天"的虎视。我渴望有一挺机枪，拦路架好，对准路的另一端密集扫射，让平滑的路面上有长爪的抓痕，让跳弹从两旁的树上扫落萧萧的断叶，让那不可理喻的枪声惊鸟奔兽，引起四野的回声如雷。让"明天"不能走过来，让"明天"千弹穿体而死。

不要劝我，不要劝酒精中毒的人，往事是我的杯，日日泥醉。此心已横，将来不曾来，过去也不曾去。我能够再见你吗？我能，随时，只要暂闭上眼睛，缩地飞毡。地上的天国，永远的春天。一天已过去，一天又开始，不要干扰我，不要抢走婴儿口中的奶瓶。我说过，人最难心中宁静。真正的宁静中既没有日历，也没有报纸。只有你，只有我，而且并没有你的皱纹、我的白发。

冤亲嗔痴说曾经

（一）

童年梦和少年事，大约是每一个小说家都使用过的题材吧？不用说，一个作家，当他能够写出引起世人注意的作品时，他已经不年轻了。他写出来的童年，总是经过了成年人的观察分析，融入了成年人的判断和解释。作家会突然从童年的梦梦和少年的惘惘中跳出来，君临其上，指点解说。这时候，他使用的语言突然由具体转为抽象，着墨不多，而其语甚隽。这些句子就常常被人摘出来，当作作家的语录。

爱亚的长篇小说《曾经》却不同。这本将近四百页的作品，至少在两百八十二页以前，作者完全没有使用她上述的特权。她写十几岁的孩子时，自己也变成十几岁，笔下从不超出这个年龄的心态感应和认知能力。她不曾以今天的"曾经"去补足、提升昨天的"未曾"。两百八十二页以后，书中的女主角"我"40岁了。让40岁的人有抽象思考的能力，是十分必然而又当然。虽然如此，可以当"格言"使用的句子，我也只找到两句。

这真是一本充满感性的小说。把小说分成感性与知性，本不是十分圆融的说法。可是小说，尤其是长篇小说，感性知性，各有偏重，则是分明俱在的事实。有些小说，作者把你安置在船上，顺流而下，让你看两岸风景，在你耳畔，"舟人指点到今疑"；有些小说，像《曾经》，则是把你浸在水里，四无人声，却有一只无形的手在变换水的温度。写小说总是阅历渐增以后的事，因之，也许是写后面这一种较难吧？

感性小说的极致，是作者不肯或不愿承认他在小说里寓有分明的教训，读者也不肯或是忘了把作品套进某种哲学。感性的小说都是"曾经"，人生曾经如此。这"曾经"二字，"聊以记吾曾"，是一层意思，"曾经沧海难为水"，又是一层意思，但两者都是不加名理判断的。爱亚在《曾经》的扉页题词有云：

在平凡的人生路上
若想走得铿锵有声
就得有
爱

爱亚当然是诚恳的，但这件事不能由着她一个人说，因为知性的小说多半是一元的，而感性的小说往往是多元的。《红楼梦》是知性的，也是感性的；曹雪芹在书中两度自述其写作旨趣，两次说法不同，而读《红楼梦》的人随缘领取，并不拘限作者的自白。

（二）

我该怎样介绍《曾经》的内容呢？

有一位编剧对导演说，他打算写一个剧本。导演问剧情，编剧说："全剧共分三幕，第一幕，一个女人和一个男人；第二幕，一个女人和一个男人；第三幕，一个女人和一个男人。""剧情的变化安在？""女角只有一个，男角每一幕不同。"也许，介绍将近四百页的《曾经》，最简明的说辞也是如此：一个女子和三个男子，一个女子对三个男子的感情。

《曾经》的第一个小标题是《那年10岁》。爱亚由这个女孩子10岁写起，一直写到她40岁。描叙在最具体的层次上进行，一个事件接一个事件，一个场面接一个场面，千回百转，一气呵成，没有冷场，也没有陈套。能写好10岁的人物，未必能写好40岁的人物，反之亦然，犹如一个演员能演好少女，未必能演好中年妇人。当年还是黑白片的时代，我看过一部片子，戏中人从17岁到70岁由一个女明星扮演，中途不必换角而演得极好，影坛诧为奇才。爱亚所完成的，恐怕是近似的工作吧？

必须指出,《曾经》由人生小事构成。故事开始后,出现了男主角之一拒绝和生母相见的场面,这是大事,但以后这个母亲到故事结尾才出现,其间伏脉千里,未再浮上情节的表面。最后男主角之一死于癌症,这是大事,但这是一个突发事件,在全书中相当孤立。书中的主材,无非是买冰棒给男生吃啦,男生到女生的桌子底下腿缝里找篮球啦,长牙啦,替男生藏香烟啦,与男生不期而遇,听他叫唤自己的名字啦!

但,这些小事,在爱亚笔下,都有震撼摇荡的效果。她是在写成长。成长是一件大事。成长是一串爆炸,是一阵惊涛骇浪,当血齿从牙肉里钻出来,就造成一阵山崩地裂。我们都曾"那年10岁",都曾经有过成长的震撼,爱亚把我们遗失了的主观经验寻回来。"吾家有女初长成",这七个字里有山奔海立。

这要一颗多么细致的心,一支多么细致的笔来写。

这要一些多么锐敏的心来读。

(三)

毫无疑问,《曾经》写的是"爱"。同事之爱,手足之爱,男女之爱,连萍水相逢都是善意。几乎都具有爱心,几乎没有一个坏人。

然则,"爱"里面没有坏人,却有受害人和受益人。

我们的女主角，先爱上了两兄弟中的哥哥，志维。她用好不容易攒的零用钱，买几支冰棒给哥哥吃，却扑了个空。哥哥背着尚在吃奶的弟弟，到小溪旁边洗尿布去了，两兄弟中老二志绍把冰棒吃光。

这个出现在第十三页的情节，也许就是一个"象征"吧，这以后的发展是，做哥哥的始终在摘猪菜、洗尿布中满头大汗，而弟弟"脱身"升学，"轻取"了哥哥的女朋友。这个弟弟是爱的受益人。

但是弟弟抛弃了初恋，也丢下他对家庭的责任，"阔胸宽肩"的弟弟，"帅气昂然"的弟弟，跟一个有钱人家的小姐结了婚，飞往美国。这个家庭所有的爱，都集中在弟弟身上，过渡给弟妹了。爱的受益人，是陌生的、读者不很了解的另一个女子。

读者诸君也许要骂这弟弟"忘恩负义"吧？倘若真能从此相忘于江湖，未必不是别人的福气，偏偏那出幽谷而迁乔木的弟弟得了癌症，似乎精明的弟妹，怂恿丈夫回国用偏方草药医治，借此将绝症缠身的累赘脱手。于是那弟弟又坠进女主角的幽暗的生活里，也坠进他原有的幽暗的家庭里，成为他们爱心的负担。

弟弟志绍手术后的伤口不能愈合，而且继续溃烂。不眠不休地照料，和无限支出的医药费用，使女主角觉得"前途上有一双大孔洞，一口一口地吞噬，吞噬，吞噬"，她在梦里都会遇到许多洞，"大洞小洞，黑色的洞，肉色的洞，浮现着臭味的洞，发出丑恶笑声的洞，全是想要吞噬我的，想要吞噬志维的，想要吞噬志绍的……"

两兄弟的母亲，那离家出走已久的女人，这时也闻讯赶到，她带来存款、草药和白衣神咒。这得天独厚的弟弟，在最后关头，又承受了母爱。

弟弟志绍在临终之前，盼望妻儿从美国赶来诀别而断无消息时，对哥哥志维和女友芳儒说：

"阿维哥，来生，我做哥哥，让我照顾你。"

"好。"志维说。

"来生，让芳儒嫁给你。"

"好。"志维说。

"我绝不在旁边乱搞。"

"好。"志维说。

然后，病人昏沉，母亲到病床前长跪诵经，"爱"的债务人在开下远期支票后溘然长逝，而诵经之声如香烟缭绕通天彻地不绝。这一场面写得"沉郁顿挫"，功力甚高，为小说高潮之佳例，而其多元的蕴含，决不容我用一个观点来除尽。就此而论，这部小说的前半部虽颇有《简·爱》《小妇人》的玲珑，终于成为厚重的大器。

因而，我不禁自问：谁是那走得铿锵有声的人？

（四）

走得铿锵有声的人，也许只有黎平石吧。

黎平石是女主角芳儒的另一个男朋友，年岁较长，当女主角还是中学生时，他已是教员。在志绍那里，少女得到的是爱的冲击，在平石那里，少女得到的是爱的呵护。当大雨倾盆、山洪暴发的那天，在水漫桥面的河头等少女放学回家的，是平石。两人冒雨涉水"强渡"的情景，笔墨中是交互着外在的惊惶与内心的安慰。既达彼岸，爱亚以她特殊的句法写道："如果没有他，我就得一个人孤单地走过这长长的恐怖的长桥。"（注意这个长句。）

"而，幸而，幸而有他，黎平石！"（注意一串短句，三个逗号和三个"而"字。）

但是这个年长8岁，被少女谑称"老鬼"的黎平石，一心要出国学画，不敢结婚；而"学成"之日，他又认为"艺术家不需要婚姻"。在他看来，男女居室也像美酒佳肴，兴尽即止，所以他一再变换同居的女伴。

黎平石以名画家的身份回来时，我们的女主角正值爱情幻灭，青春残褪，但她心中仍有爱，仍然渴望付出她的爱。她爱志绍，所以不计后果地去照顾患了绝症的志绍；她爱志维，所以不计后果地分担了志维的艰难；她爱平石，所以不计后果地与平石同居。三者交织,故事立时复杂起来也严重起来。读者明察秋毫,必然早已看出,我们的女主角在这三场牌局中都是输家。她输在她以"给予"为爱上。

难道还有"不给予"的"爱"吗?咳,似乎是有的。

纯就情节集中、结构紧密着眼,平石和志绍两个人物该是可以合并的。但是,倘若那样,就少了一个潇洒的旁观者,下面极其重要的一场戏就无法上演了:

(平石眼看着为弟弟张罗医药费的志维,拿去了女主角的存折之后。)

"你几月生的?二月?三月?"

"三月。"他怎么猜的?那样准?

"双鱼?还是牡羊?"

我笑,不置可否。巴比伦星座中,双鱼常怀恻隐之心,见人有难必伸援手,牡羊,则热情有余,好管闲事,经常做拔刀相助的举动。

"我但愿是一匹狼!"

在书中,这是游戏之言,但是它的寓意恐怕不只游戏。狼是肉食动物,"狼行千里吃肉",谁也没有异议。狼吃了羊,使牧羊人惊讶愤怒的,是经济损失,不是道德是非。我们身非牧人,也就无动于衷。多少世事,亦如是耳!

有了黎平石这个人物,书中的四个重要角色恰可分成两组。黎平石和邱志绍是食肉类,他们爱,他们得到许多;"我"和志维都是"双鱼""牡羊",他们爱,他们失去自己。"我但愿是一匹狼!"我们的女主角可能真的无悔无怨,但是她的头脑是清明的。我们的小说家一路写来,似乎尽是嬉笑淘气,有时却也如老吏断狱,辣手铁笔!

明乎此,就知道志绍辞世的场面为何没有号啕痛哭,只有"我"惊得跳起,只有志维"两行淡淡的清泪"。哭声是不能结束这一出人生悲剧的。病房必须肃穆静寂,必须由邱妈妈无休无歇地反复诵念"南无大慈大悲救苦救难广大灵感观世音菩萨",这岂止是为了超度死者,生者(除了那飘然不见的黎平石)恐怕更需要无边的佛法吧。

挑灯说传奇

从前有几位文人都说过生平有三恨，所"恨"的项目彼此不同。我想现代文人如果也有三恨，可以有一条"恨小说的细密精致不能如诗词"。写小说的人大概都爱诗词，但见贤不能思齐。小说是铺陈一个连续的复杂的事件，是一种放大术，动辄数万字乃至数十万字，它依赖散文的语言，犹如当年盖高堂大厅依赖合抱的大木、厚重的石材。

电影是一连串活动的画面，而摄影是一幅一幅独立的静止的画面。一张照片可能成为艺术，一部电影却必须由许多镜头（也许超过一千个）产生综合的效果。却也有极少几部片子，每个镜头都考究到"沙龙""画廊"的程度，观众不只是看了一出戏，也几乎像是看了一次摄影展览。

由诗词想到戏曲，戏曲也是一个连续复杂的事件，却可以用一首一首诗词或类似诗词的东西连缀而成，则诗的语言也许未必细脆得不能把小说故事的骨架建构起来吧。

这些话，是读了钟晓阳的《妾住长城外》想起来的。这篇小说中有许多描写甚有诗笔词意。例如：

这时春阳烂漫，照在一草一木上寸寸皆是光阴，又时时有去意，要在花叶上滑下来的样子。园中的茉莉、牵牛、芍药、牡丹、夹竹桃、石榴、凤仙……要开的已经开了，要谢的还是没有到谢的时候，放眼望去腾红酣绿，不似斗丽，倒是争宠。她走到碎石子径上，细细碎碎尽是裂帛声。院后洋井叽啦叽啦响，有点破落户的凄凄切切，胡弦嘎嘎，一回头原来是吴奎在引水浇花。

她跨过门槛，一脚踩在整片槐花上，才知两树槐花已开得满天淡黄如雾起，而那香气是看得见、闻不到的。

这段文字除了列举花名那一句松散，整段是惊人的浓密与敏感，与词曲的距离真是在"几希之间"。这样的"段子"，在这篇大约三万字的小说里至少有十处。

用这等笔墨写静态景物，在小说普遍忽略了风景描写的今天，已属难能。更可贵的是，作者以同样的特长描写人事。例如故事结尾，宁静（女主角）和千重（男主角）夤夜诀别：

千重赶快别过脸去，大概泪又涌出来。他借旁边的一棵槐树攀上墙头，回眼望她。不知道是月亮还是街灯，两张脸都是月白。她仰着头，辫子垂在后面，神色浮浮的，仿佛她的脸是他的脸的倒影。

然后他在墙头消失了。宁静整个人扑在墙上,听得墙外咚一下的皮鞋落地声,她死命把耳朵揿在墙上,听着听着,脚步声就远得很了。

这简直就是一首散曲了。像这样的"段子",在这篇大约三万字的小说里,至少有三十三处。

在这些"诗词"(姑且名之曰"诗词")之外,作者也用平淡的语气交代过场,作者可能考虑到两者的贯串与调和,就随时在适当处嵌入诗词的句法,以便在余音未了之时产生共鸣回应。作者对女主角的母亲之死是当作过场来处理的:

宁静记得母亲死前几天,一直握着她的手求她嫁;茵蓉怕自己死后,唐玉芝扶正,宁静会受欺。宁静以前也这么想,如今却多了一重牵绊,想想真恨自己回三家子,要不回去,可多陪陪母亲,又可了无挂念。可是花事递嬗花事换,还是什么都要过去的。

这段叙述平庸无奇,可是一句"花事递嬗花事换"救了整段文字,使这个小小的过场相当于整个乐章之内的一个小小的休止符。这里的写法,在这篇大约三万字的小说中也有十几处。

《妾住长城外》是一个极为罕见的短篇,它像《牡丹亭》或是

《桃花扇》那样，用许多精美的小的手工艺品，一件一件的，一方一方的，做成一件大的。虽然不能说"合起来是剧，拆开来是诗"，但说是"拆开来似诗"，并不过分。我们可以从它摘出许多句子和"段子"来使之独立存在。一般小说大都经不起这样下手拆卸。

正因为剧的力量由诗的力量汇合而来，所以这个爱情故事在短篇之内千重万叠，与一般短篇小说之集中一点急转直下者不同。它也细腻到渗入肌理、浸润肺腑的程度，情节虽是平常，平常到男女只有一吻，而这一吻还是在雪中，减低了热烈而增加了圣洁，却足以使所有的读者（说得武断些）重新陷入美丽的哀愁的初恋。

《妾住长城外》的地理背景是中国的东北，时代背景是"伪满"末期，女主角赵宁静所爱的，是一个日本青年。抗战胜利，东北光复，日侨日俘遣送回国，两人也就被活活拆散。这是《赵宁静的传奇》的第一部。

第二部，《停车暂借问》，故事继续向前发展，男主角换了经营绸缎庄的表哥。表哥的情敌是个医生。医生在情场上失利，就设法在商场上报复。作者写赵宁静和表哥之间的清英仍然如诗如词，和前部一脉相承，但是写到她和医生之间的往还，似乎那调紧了弦、拔高了调子的语言就不适用，她用的是减缓了张力、降低了密度的"家常"语言。

这是否意味着"诗"的笔触有其限度呢，还是说描写心灵和描述世俗各有不同的工具呢？抑或是这两者都有呢？

大致来说，《停车暂借问》是一女两男的三角故事，女主角真正的情人是表哥，到后来，她的丈夫却是那个医生。

作者以求雅的心情写表哥，以从俗的心情写医生。他对前者出之以咏叹，对后者只付之于暴露。单就人物的姓名而论，作者的用意已是不言而喻，一个姓林，一个姓熊，"林"的形象是潇洒的风景，"熊"的形象呢？（请熊氏宗亲宽恕我！）

这个林，是怎样一个人呢？从女主角的眼睛看，他夜间骑着自行车，像是从月亮里下凡来的。"她的视野日渐缩窄到只容他一人，他背后的东西她完全看不见，一切远景都在他身上，甚或没有远景，而他就是她的绝路。"所以，两人在风雨中相遇时，"不知道身在何方，到处是密密风雨，没有一丝人气，她模模糊糊地觉得他们根本亦不存在，他们亦化成了风风雨雨"。林和那个实用观念发达、不识人生情趣的熊，成为强烈的对照。赵、林之相处是感性的生活，赵、熊之相处则为理性的生活。大致说来，作者写赵、林关系用悲剧的写法，写赵、熊关系则近似喜剧的写法，这只要举一句话就够了：

跟着熊柏年夫妇都出来了，一家子都是方正脸，像进来了几张麻将牌。

作者写熊家，态度冷静，多用史笔，如曹雪芹之写宝钗；写林家，心肠热烈，多用诗笔，如曹雪芹之写黛玉。如果我们说《停车暂借问》深受《红楼梦》的影响，把红楼中一男二女的三角关系变奏为一女两男的关系，或不致受识者的诃讥。

红学专家业已统计出来《红楼梦》里写了几个梦，用了多少个"梦"字。《停车暂借问》也写了梦，用了许多"梦"。对作者来说，这不算本领，作者的大本领是写现实人生写出无常难凭的不确定感来。这一成就十分突出，单就这一点而论，钟晓阳似乎比曹雪芹"拿捏"得准。

且抄一段书。书中人物一同"逛元宵"。元宵是当年农村的博览会，再真实也没有，可是你看作者怎么写：

元宵节的欢乐园，遍地的雪，天空里烟花炸炸，月亮一出，晴晴满满地照得远近都是宝蓝。夜市到处氤氤氲氲，杯影壶光，笑语纷扬，吊吊晃晃的灯泡发出昏晕的黄光，统统在浩大深邃的苍穹底下，渺小而热闹，真是烟火人间。一概卖元宵的、冻柿子冻梨冻橘子的、冰糖葫芦的、油茶的、小人爬的、化妆品的，都是挑了营生家伙单为了来走这一遭，明天又不知都上哪里去了。

这腕力何等了得，一段文字抵得上多少篇《聊斋》，也是最形象化了的"无为有处有还无"。再看另一段，写的是女主角在爱情受挫之后对男主角的思念：

（她）努力回忆她和他在一起时是讲什么的，可是她一点都想不起来。他的样子呢，他的奔儿楼（额头）大概挺饱满的吧；眉毛呢，记不得了，眼睛小倒是真的；他的鼻子尖尖的，鼻翼薄，因而鼻孔显得大；嘴唇呢，好像也挺薄。

这不是人在醒后努力追忆梦中的情景事物吗？所谓人生如梦，理应如此表现出来。

书中交代，女主角宁静扛着一枝梨花，和男主角一同过桥：

迎面走来一个三四岁的小孩儿，大人牵着，因此一边膀子吊得老高。她竟就想到要给他生一个孩子，男的女的都没有关系，不过都得像他，牙齿白白的。叫什么名字好呢？……

在许多爱情小说里面，这就是男女主角有了"最高关系"的暗示。《停车暂借问》不然，男女主角的契合已到"死生以之"的程度，但描写身体的恋慕都在颈部以上的部位，从未及胸膛，更无论

"横膈膜以下"了。

有一种说法是，爱情幸福的程度，失去爱情严重到什么程度，要看男女实际上接触到什么程度。写震撼力强大的爱情悲剧，多半要写出男女亲密关系的最后发展，甚至描写销魂蚀骨的床笫之乐。如此是为了对读者有足够的说服力。《妾住长城外》和《停车暂借问》是这种说法的一大反证，男女主角并未做过什么非同寻常的事，却是两人爱得如此死去活来，读者如此为之惊心动魄。在目前流行的爱情热风中，这不啻是一副清凉剂。

传奇第三部是《却遗枕函泪》。这时女主角已做了15年的熊太太，迁居香港，夫妻毫无感情，熊医生（他现在是中药铺老板）纳了妾。就在此时，她和林爽然（15年来朝思暮想的男朋友）巧遇，她决定离了婚嫁给他，他却躲到美国去了。

林爽然老了，俗气了，猥琐了，和宁静重逢后第一次同餐就吐了半桌的菜屑和骨头，当面剔牙。带宁静看电影，进场时和戏院的人争吵，形象甚是不堪。宁静呢，肚子凸出来了，两颊长出些黑纹，不断想着离婚的赡养费。

文字呢，诗词的痕迹缩小到"练字""遣词"的范围里去了：

她那套浅粉红撒金旗袍外套，已被淋成殷殷桃红。……他没有问缘由，她却想起了千般万种。

…………

到底是怎样一种感情,她自己也不可理解,以前是断人肠的,现在却磨人肠……火光染在柏油路上仿佛胭脂留醉。

诸如此类,可惜数量并不多。一路读来,予入以历史下坠的感觉。并不是第三部写得坏,而是前两部写得太好。读者看见那金童玉女般的人物忽然降谪凡尘,灵性磨灭,心里总不免会难过的吧。

《却遗枕函泪》仍然有极佳的几场戏。当宁静直率地表示她想嫁给林爽然的时候,两人有如下的对话:

"不!小静,我一个人沉就够了,我不要你也跟着沉。"

"爽然,你这样的人,我是没法把你提起来的,我能够做到的,就是陪着你沉。"

更精彩的一场是宁静向丈夫提出离婚,双方不但唇枪舌剑,而且近乎尔诈我虞。这说明作者不但模拟小儿女情态能曲尽其妙,就是写中年人的世故城府也入木三分。其实作者在这方面的体验和功力,早已在前两部有所展示了,例如写宁静的父亲虽笔墨不多,却是尽情而得体。据朱西宁氏的推荐说,本书作者写这些故事时年龄不过十七八岁罢了，这是惊人的才情和悟性。

然而，读者恐怕不能满足。越是好文章，读者越期望能回味一点什么，思索一些什么。《赵宁静的传奇》发展到完结篇，把一只凤凰焚成灰烬，新的凤凰却未能生出来。有人说这部小说"有微言而无大义"，恐怕是说着了几分。

"微言大义"也许不是一个合用的成语，容易引起"载道"之类的争论，"教条"之类的讥诮。身为读者，可能不解的是，小说家对世相观察如是之精微，对人心了解如是之透彻，想象力如是之丰富，她究竟从人生内层找到了些什么？为什么不拿出来让我们分享？

要想再经验一次前述的丰收，并补足最后的缺憾，恐怕得靠作者的第二本小说《流年》了——那一本，我还没有看过。

众所周知，《红楼梦》里头藏着许多东西。也许，《红楼梦》的伟大是后人造成的，是读《红楼梦》的人造成的，是红学专家造成的，一代又一代的人像挖矿一样向里头找东西，或者像租保险箱似的把东西放进去。譬如说那一个叫"风月宝鉴"的镜子，照正面是个美女，照反面是个骷髅，贾瑞不听劝告，只照正面，不看反面，就一命呜呼了。这在《红楼梦》不过是个枝节穿插，这种材料一般异闻杂钞里也有，但喜欢《红楼梦》的人可以就这面镜子发许多哲论，写许多鸿文。

就算是比附吧，至少，像《红楼梦》，有让人比附的可能，这

"可能"也许就是它了不起的地方。

再看一遍《赵宁静的传奇》。

第一部,《妾住长城外》,两个国籍不同的人相爱,其爱情因两个国家的战争而破碎。由于恋人无辜,也许使我们想到侵略者的责任,进而想到国仇的巨大的破坏性,以及在时代(或命运)之下个人之渺小。是这样吗?我不敢确定。

第二部,《停车暂借问》,大环境模糊,焦点放在人性上。几场主戏都是写男女主角内心相爱而言语抵触,精神契合而沟通为难。绝对写得好,至于我们得到的启发呢?是语言无用论,还是默契无用论,还是别的更高更永恒的意念?

第三部,《却遗枕函泪》,我们该怎样解释它的故事呢?赵宁静虽然嫁出去15年,却一心盼望和林爽然重聚,即使林爽然老大无成,形貌非昔,也矢志不改。这是要写出爱情的坚贞吗?结果宁静为此失去家庭也失去情人,是表示"你不能两次插足在同一河流之中"吗?

第一部《妾住长城外》写得最好。如果说,写到后来,宁静离开丈夫是为了第一部里的男主角千重,读来便不难接受。但是,千重失去踪迹,从未再现。

第二部《停车暂借问》,赵、林之爱发生了,作者有两次含蓄地提到上次恋爱留下的伤痕,下笔极轻,近乎缥缈。可以说,第一部里的千重,至此已不占什么位置。宁静由第一次恋爱结束到第二次恋爱,心理上似乎并无窒碍。由第二次恋爱结束(她自以为结束了)到嫁给熊某,似乎也不难决定。如果她最后也能把"无复旧我"的林某很感伤地"忘记"了,读来也不难接受。

然而现在?……

我尝仿"耶稣自有道理",告诉人家"作者自有道理"。

《赵宁静的传奇》写成这样,作者必有理由。

例如说,由放下千重,接受爽然,(或者由接受爽然放下千重)在作者心目中自有合理的过程,只是不曾写出来。

例如说,宁静在"地老天荒"的凄凉中仍愿嫁给爽然,作者亦必有其理由。这个理由,也许已经落笔轻轻一点,但并未企图有效地说服读者。

看起来,《赵宁静的传奇》应该是个更长的长篇,江河奔流,一以贯之。现在截断成为三个湖,中间有些地方,附会能力较差的读者自己连不起来。

我曾经把我读"传奇"的感受告诉这儿的一位文友。我说这个爱情故事前面那样光华烂漫,后面这样落尘积垢,实在令人惆怅。那文友只说了一句话:"人生就是这个样子。"

我说这个爱情故事前面的风格是那样,后面的风格是这样,未免有欠统一。那文友又说:"人生就是这个样子。"

人生就是这个样子的吗？就是先成为命运之神的宠儿，后成为命运之神的弃妇吗？莫泊桑曾在《一生》的结尾昭告读者"人生不像你所想的那样好，也不像你所想的那样坏"，一下子提升了小说的境界。赵宁静呢，她要说什么？

第二辑

爱情结石

响

（一）

在"丁"字形马路末端一钩的地方，新开一家小小的咖啡馆，座位比别家宽，灯光比别家暗。华弟发现了这地方，立即打电话给宜梅。他俩商量怎样安排晚间的节目。可是，男女情侣在那样舒适的双人座上很容易忘记时间，直到打烊，已经商量好了的计划并不会去实行。推开那扇隔断内外光线的蓝玻璃门，看见满街心透明的月光，街角有风的影子。宜梅沿着"丁"字的那一竖往前走，高跟鞋敲在沥青路上，华弟听得呆了，他从未听到过这样醉人，这样美，这样像乐器一般的高跟鞋声。

"咦，你还等什么？"宜梅回头来问。

华弟抛出手势："你先走，让我欣赏欣赏你。"

虽然是在月光下，仍然可以看出她那眼波流动的神情，她顺服地往前走去，把小皮包搭在肩上。"丁"字形马路三面都是楼房，她走在左右两边的峭壁中，拖一条长长的影子，很像在峡谷中明亮的水面上泛行的孤舟，高跟鞋像奇异的桨声，使山鸣谷应发出韵味悠然的回响。"丁"字那一横的地方是一座废楼，像提琴的肚子一样干燥，墙壁门窗都有风化的痕迹，楼内是空的，黑的。很显然，这座废楼与高跟鞋声产生共鸣，使那声音变得神秘，温馨，沁入人的心脾。

等她走到"丁"字的一横处，华弟追上她，请求："再走一趟！再走一趟！"宜梅非常甜蜜地做出不甚甘愿的表情，然后走回那一钩处，再走回华弟身边。夜极安静，连一片浮云掠过都没有。

华弟非常兴奋。送宜梅回家之后，他独自踏月步回宿舍。他觉得，他所走过的街巷里，都有一阵阵清脆嘹亮的咯噔咯噔声回旋着，形成只有他一人独享的繁盛喧闹。直到他耳朵放在枕上时，余音依然缭绕不散。

（二）

第二天，中午下班之前，一个同事约华弟去吃黄鱼川汤，想起满碗略带酸辣的鲜味，唾液的分泌立刻增加了一倍。恰在此时，宜梅的妹妹宜荷打电话来了。"我在机场，姐姐今天飞波士顿，你快来。"

华弟大惊："昨天晚上她怎么没说？"

"你快来。"对方只能这样说。

黄鱼汤变成满嘴的苦汁了。心里太乱，只好暂时什么也不想。匆匆赶到机场，在看台上找到宜荷和她的父母，彼此来不及打招呼，因为大家都失魂落魄地望着一架刚刚离地的喷气客机。转眼间，飞机升空了，隐没了，看台上来送行的人四散，宜荷的父母看见华弟，只淡淡地打了招呼，走开。

宜荷来到华弟身边。"姐姐有话留下。"

"她为什么不早点告诉我？"

"姐姐说，你们俩最后不要留下一个哭丧着脸的场面。"

"什么时候回来？"

"不打算回来了。"

华弟立即觉得十分衰弱，无力承担宜荷窥视的目光。他转脸去找看台的另一个出口。为什么要这样！她为什么要这样！她是一个难了解的女人！为什么会爱上她！华弟觉得自己对自己也不了解。然而他不能忘记她。必须聚集全身的精力去制造一个幻觉，在幻觉中再找到她，捉住她。同时，他又必须用一切精力去分清楚在马路上遇见的不是她，在隔壁说笑的人不是她。此外，他还得用一切精力去遏制悲哀。他沉默，像打字的王小姐一样沉默。因为没有力气再说话了。王小姐正要办手续出国，她的男朋友突然在美国跟别人结了婚。

尤其是，当月白风清之夜，只有树影在窗玻璃上摇摆，万籁无声时，杂乱的高跟鞋声像夏夜塘边呼啸的蛙鼓，从两侧，从头顶随时袭来。他无法把耳朵放到枕上去，枕中永远有成串燃放的爆竹。

（三）

经过一段痛苦的日子，华弟不再那样怕高跟鞋声了。有时候，他故意到"丁"字街去徘徊观望，希望能听见女孩子从那里走过。他碰见过一些小女孩和老太婆，也碰见过三四个男人簇拥着一个女子。

这天下午，华弟出去开会，走在半路上，发觉忘了携带资料，想打个电话回去。他找到一架公用电话，一个女郎，穿着和化妆都像新娘一样庄重，正在两手抱住话筒与人通话，左耳听累了换右耳，右耳听累了换左耳，好像永远说不完。想打电话的人看见这种情形，皱皱眉走开，只剩下华弟在亭外等候。旗袍的开衩特别高，他望见圆润修长的腿，暗猜："她走路的声音是怎样的？"

电话挂断，她伸出头来对华弟说："对不起。"缩进去拨另一个号码。拨来拨去，好容易才拨通，她轻轻地哼了一声，身体斜倚在话亭里，一只脚从高跟鞋里褪出来，样子像躺在床上一样舒适。不用说，这通电话长极了。她在拨第三个电话的时候，零钱被话机吃光，华弟伸手进去，将两个镍币放在电话机上。她望了华弟一眼，用涂了肉红色指甲油的手轻轻取起。

"你等一下,我去拿零钱来还你。"她走出电话亭时说,用手指一指对面的舞厅。原来是舞女。华弟顺口说:"不急,我们还会见面的。"她朝他一笑:"下次你来的时候,叫小妹找文玲,我好把欠你的还你。"说完扬扬手做了个再见的姿势,钻进对街大楼的旋转门里去了。他望着她的背影,良久。马路上人车拥挤,听不见她的脚步声。他钻进电话亭,查出舞厅的号码。

"喂,文玲吗?"

"是的。你是谁?哦,哦,我知道了,我知道了。怎不上来坐一坐?"

那天下午,他索性没去开会。

(四)

每次,华弟去找文玲之前,先看气象预报,专拣晴朗无云的晚上。这天晚上,她偎在他胸前说了许多话,说她母亲想生男孩,却一连生了她们四姊妹,每一胎都是开刀取出婴儿来。这晚,他趁机提议去吃夜宵,谁知她说:"我今晚要早睡。明天我请假不上班,晚上有空。"于是改约了明晚。他暗中希望明晚的天气仍然好。

将散场时,她突然问:"明天我去给妈妈上坟,你能陪我?"上午,华弟雇车去接文玲,发现她预先定做了一栋手工细巧的纸房子,所买的纸箔也比普通上坟的用量多好几倍，他所雇的汽车似乎太小，他问："这次上坟好像特别隆重？"

"每年都一样。"汽车开动后，她说，"往年，我独自一人去上坟。去年在墓地碰上一群小太保，他们的年纪都比我小得多，可是他们不怕我。幸亏我那天没化妆，又故意挑了一件朴素的衣服。"

"老太太去世几年了？"

"4年。"

"什么病？"

"生产。"

生产？这可没料到。

老太太的墓修成一栋小洋房的样子，与众不同。我们把成捆的香燃着，分成一小撮一小撮插在坟墓四周，成为一排冒烟的小栏杆。纸房子摆在墓前，纸箔又高高堆在房子前，烧得像一场小火警。文玲站在墓前，凝视火光，她的头发和肩沾满了纸灰。"我想哭，可是哭不出来。每次都是。"

"你是一个孝女。"

"我母亲一直希望生一个儿子，可是一连四胎都是女儿。腹部开刀只能有四次，妈妈太想儿子，不顾一切危险。我总觉得我有罪，生在前面的这些丫头都有罪。"

稍停，她又说："反正是个罪人，所以就当了舞女，我要拼命赚钱,让阴间的、阳世的都过好日子。"她说这些话时,眼睛一直注视坟墓,好像她的眼能穿透水泥。"什么时候我能痛哭一次就好了。"她离开公墓时还这样说。

回到市区,文玲又立刻成为一个快乐而略带颓废的女人了。她用放纵的表情对他说:"从现在起,今天我陪你。"他们相处到深夜,来到"丁"字马路。夜依然静,月色依然洁白,楼房依然黑沉沉肃立等待。

"文玲,你由这条街往前走,让我欣赏你走路的声音好不好?"

"你是说,要我这样一直走过去吗?"

"是的。"

"那很容易。"她的鞋敲出声音来。那声音很单薄,好像经过偷工减料。走到尽头,他做了个手势,要她走回来。他倾听,觉得非常失望,他所能听到的是极平庸,完全没有特色的一种声音,跟宜梅完全不能相比。

"够了吗?"

"够了。"

"你还要我做什么?"

"我要送你回去。"

归途中,她对他说:"舞客有种种古怪的癖好,你的癖好实在是最奇怪,最少有的。"

（五）

秋来了，打字的王小姐换了一身嫩黄色的新装，头发做得比以前高，裙子却裁短了。她走进办公室时，华弟觉得眼前一亮。这是几年来所没有的。她朝他用微笑代替招呼。这也是几年来没有的。她谨慎而矜持地避免别人看见她左脸上的刀疤。她安放打字机的地方经过仔细地选择，大家只能望见她的右侧。疤痕像紧闭的鱼唇，不新鲜的死鱼的唇。照相只照右侧面，寄到美国去送给男朋友的，都是这种侧面的照片。这天，王小姐以愉快的心情工作，打字时，字母撞上卷纸筒的声音使华弟想起高跟鞋声。华弟望望她的光滑的有弹性的腿，望望她的新款式的细跟皮鞋，望望那像新剪平的草坪一样的人造纤维衣料。那种一望无垠的柔软的细草，使成人的童心复活，想躺在上面打滚。王小姐转变了。她老早就计划好要到美国去结婚，可是刀疤发生了。谁也不知道是怎么回事。

华弟遇见她，她从小巷里逃出来，手掩住左颊，指缝里挤出血来。那时，当然不会注意她走路的声音，只顾帮助她住进医院。医生原说脸上不会留下什么，可是这个保证完全落空。到美国和未婚夫相聚的事一次又一次地延期。她怕他看见脸上的肮脏。怕他看出那是刀疤。她只能写信，提出延期的借口，附上一张又一张由右侧拍摄的照片。一拖4年。去年初，男朋友打越洋无线电话来，电信局跟她事先约定通话的时间,她很紧张,晚饭无法吞咽,脸部仔细化过妆。五六个女同事陪着她,围在电话四周,拉长了耳朵。地球的那一面传来了声音。他说:"我已读到博士学位了。"王小姐立即哭泣。话筒里传来遥远的,飘忽不定的安慰,诉说自己也是如何地思念她,催促她早日动身。王小姐只是哭,哭得在四围旁听的女同事陪着落泪。除了哭以外,王小姐几乎没有说话。几个月以后,那博士娶了一个美国女孩。王小姐仍然不说话,连哭也没有。

经过一年的沉默,她的新服饰带来新的消息:她准备再接受任何男子的追求。人人为她高兴,为她放下工作参与窃窃私议。她很镇定地侧坐在打字机旁,字键发出高跟鞋一样的声音。她的足踝很细,你担心会折断,会倒下来,扑在那一片草坪上。当天晚上,华弟诱她到"丁"字路,她看见路旁有个石墩,急忙坐下,说:"新鞋挤脚。"

"你走路的声音好听。"他鼓励她。

"我讨厌做压路机。"她皱皱眉。

"我们到前面去雇车。"华弟指一指"丁"字的一横。

她站起来,有些踌躇,向前走了几步,又退回来,坐下。"我在这里等。"她的脚步声是凌乱的,迟疑的,微弱的,像打字时遇见很难辨认的字,声音疏疏落落,吞吞吐吐。夜有凉意,她临风打了个喷嚏,双眉紧锁,一副受难的样子。

不必再多听了。他的兴致已扫尽。

（六）

报上说，"丁"字路要翻铺柏油，一横处那排楼要拆除。过几天，他特地到"丁"字路看看，工人已在废楼四周搭好木架，准备动工，望去像一头五花大绑等待宰割的巨兽。先拆楼，后修路。站在路旁眺望，猛不防一辆摩托车擦身而过，像一匹几乎裹住了他的黑布。车后坐着一个女的，长长的头发飘起来，比车的后身还长。这些冒失鬼！如果他是个喜欢惹事的人，伸手抓住她的头发，他们怎么办？摩托车转弯折回，向他驶来，在他身边停住。这才看清车后座是宜荷，宜梅的妹妹。宜荷特地回头告诉他一句话，人坐在车上不动："嘿！我姐姐来信问起你。"

"你回信的时候带一笔，说我也问起她。"

"你为什么不自己写信？"

"我不知她的地址。"

"姐姐临上飞机，教我在看见你流泪的时候再把她的通信处告诉你。那天我看你不在乎的样子，就没有说。"

他心中忽然萌生难以遏止的厌恶，厌恶宜梅，也厌恶宜荷。看了那全副披挂的摩托骑士一眼，见他目不斜视，面无表情，像一匹等待口令的马。实在没有什么可以再谈的,他挥一挥手。车子本来没有熄火。骑士猛一加力,箭一般射出去。他想:马路翻修一次也好。大楼拆掉,马路改铺柏油,在这条街上,将永不可能再听见那乐器般的、韵味悠然的脚步声。一切旧有的都成为过去,即使宜梅再回到这条街上来,也敲不出那种醉人的音节来了。再看那大楼一眼。拆掉也好,干干净净。

交心

我是决定嫁给你了！妈病倒在床上，鼻孔里插着氧气管，我不忍违拗她老人家。这几年你一直追求我，我也该给你一个答案，从今天起，我跟你是一家人了。

不过，有些话得先说清楚，这几年我在外面做事，交过男朋友，我跟男朋友一起拍过照片，而且是穿好结婚礼服，扮成新娘新郎的样子，我跟他合拍那张照片，完全像甄珍与王戎在《新娘与我》里合拍的剧照一样，仅仅是一种表演，没有别的。

此外，我跟他连一张便装的照片都没有合拍过。也许你会看见这张照片，也许还有别的人看见过这张照片，会传给你一些风言风语，所以，我得对你先说清楚。

我参加过女子乐队，你早已知道。事情就发生在我做乐队队员的时候。我根本没有摸过任何乐器，可是介绍人说："那有什么关系，你站在里面装出吹奏的样子来就行了。"他又说："女孩子找工作，无非是要有一个机会找丈夫。"于是我穿起天蓝色镶金边的制服，长筒的黑网纹丝袜，手里拿着伸缩喇叭，我刚刚学会怎样鼓起口腔，用右手把那根管子伸出去拉回来，就开始上班了。制服和乐器都很新，老板又故意叫裁缝把我们的裙子裁得很短，那些女孩整天沿街吹打，都有很美的腿。在台湾，到处都有这样漂亮的队伍，所到之处，吸住无数男人的眼睛。这支队伍实在是供人用眼睛看的，不是用耳朵听的。"女孩子找工作，无非是要有一个机会找丈夫"，每逢这些女娃在男人眼睛的包围下涨红了脸，人人可能想起介绍人的那句戏言。我一想到这是一支招摇过市找丈夫的队伍，就觉得非常滑稽。

你也不要瞎猜，以为我们的生活很放荡。事实完全相反，老板对队员的约束很严。以前这位老板并不干涉队员的私生活，可是，当他把辛辛苦苦训练出来的队伍开入一座大城之后，不到三个月，所有的队员一一宣告结婚，有些人甚至不辞而别，手里拿着乐器，身上穿着制服，就在马路边上溜走。那次叛变对老板是一个沉重的打击，于是他改变作风，绝对禁止外出，除非有至亲前来邀约，而且每次外出要扣薪半日。可是谁能甘心被关在笼子里呢？我们在马路上演奏时，是那样风光，那样迷人，谁肯为了节省半天的薪水而放弃生活的权利呢？她们一定要想办法，是不是？

那时候，你在二百七十公里以外，我也没想到会嫁给你，看到别的同事都有约会，心里有几分羡慕。老板给我们几个喇叭手每天安排一段时间来练习吹奏，使得每个人的唇尖上都肿起一个像喇叭嘴一样大的泡来，又痛又麻，这几个人每天早晨你看我的嘴唇，我看你的嘴唇，互相诉苦。我发现别人的唇总是比我先消肿。

"为什么我的嘴唇还不好？"

"可怜，因为你没有男朋友啊！我们来替你想办法吧！"

当时，我没有听懂这句话，还以为男朋友带我们去看医生呢。她们说要给我找一个"亲戚"，我就答应了。我一定要很详细、很坦白地把我跟"亲戚"往来的情形告诉你，凡是曾经发生过的事，我都要说出来，凡是没有发生过的事，你不要胡思乱想。他并没有带我去找医生，可是我嘴上的泡也像别人一样迅速消退了，你如果不能原谅这件事，现在还来得及丢开我。我跟他之间也仅仅有过这种事，没有别的，真的没有。

我的那个男朋友叫华弟，人很斯文，很知趣，知道替别人设想，知道自己适可而止。你如果有一天碰见这个人，不要把他当作敌人，我既然决定嫁给你，跟他之间是完全结束了。像他那样的人，结婚也很快，婚后对太太也会很忠实，你放心好了。我做你的人，就跟你一条心，就把我藏在心里的事都告诉你，让你了解，让你放心。你知道得愈清楚，应该愈能放心才是。我到他住的地方去过几次，即使关起门来，他仍然很斯文。他放唱片给我听，左一张右一张都是伸缩喇叭的演奏。他说，他把所有能买到的这一类唱片买齐了。他以为我喜欢呢，其实，我不。有一次，他拿出一张新唱片，向我热心介绍它的内容时，我淡淡地把唱片放在桌上轻轻地说：

"我对吹吹打打已经厌了,正想换换环境。"

他握住我的手,热烈地说:

"你嫁给我吧。"

我摔开他的手,反问:"你也认为结婚才是女人的正当职业吗?""不是,"他说。"我只是不赞成我太太去辛苦赚钱。"我说:"将来我也许会嫁给你,可是现在谁知道呢?"他显出很失望的样子。稍后,他提出那个古怪的意见来:"你能不能跟我合拍一张照片?一张结婚照片,你扮新娘。我需要这么样的一张照片,寄给我的妈妈。"我在惊愕中听到他陆陆续续地说,他的母亲留在大陆,隔着海峡两世为人,连做梦都只能到海边为止,他们之间偷偷摸摸借香港的朋友偶尔通信。他说,那位老人家已经很老、很衰弱,已对世界没有任何意见,连苍蝇落在她的脸上她都不能伸手拂去。老太太的记忆力愈来愈坏,过去和未来都是一片模糊,据说,有一段时间,她忘了自己娘家的姓氏。可是,有一件事她不曾忘记:她的独子在外乡还没结婚。时间愈久,记性愈坏,她还没有媳妇这件事却记得愈清楚。每次想起儿子,想起这个唯一的儿子,想起这个没有娶亲的儿子,她跪在地上,双手合十,不肯起身。跪得久了,往往昏倒在地上。她央告许多人写信给儿子,催促唯一的爱子结婚。她说:"我活够了,不想再苟延残生。可是,一天不看见媳妇,我还得在世界上多受一天罪,什么时候有了媳妇,我就可以瞑目了。"代笔写信的朋友也常常在信末附上一片叮嘱：听说你们生活不错，为什么不早点结婚呢？你究竟等谁、候谁？究竟挑什么、拣什么？要知道，你是虐待她啊……我看到那些信。用秃笔淡墨，在粗糙的草纸上涂着血泪。那些信，本身有一种悲惨的形象，你还没看内容，两手已有要发抖的感觉。这些信，给华弟长期的精神威胁。他说，如果我不结婚，妈妈活得多痛苦！他说，如果我结了婚，妈妈是否还愿意活着忍受另外的痛苦？他担忧，他的妈妈一旦确切知道有了贤媳，知道宗族的香火传继有托，那老人很可能就失去再活下去的意志。他要结婚，又不要。他不要结婚，又迫切需要。他的矛盾，使他在女人眼里成为一种变态。现在，老太太病重了，那边来信说，显然只能再支持很短的日子。任何一个人去探望这个病危的老妪时，总是听到同样恳切、同样吃力的拜托："你们叫华儿快点结婚啊！"华弟决定立即结婚，可是，新娘在哪里呢？华弟说，他在离家的那年只有17岁，那年，他的父亲还在世，他望见父亲的脸色一天比一天更惊惶。一夜，他被叫醒，在油灯的残影里，父亲和母亲的脸都像鱼肚一般白，他的父亲问他："你愿意出门去闯一闯呢，还是愿意留在家乡？""我不要留在家乡！"他冲口而出。

"那么，你要离开你的妈妈，到很远的地方去，那地方究竟在哪里，我也不知道，你在外边要吃很多苦。你能吃苦吗？""我能！""你在外面连一个亲人也没有，你再也见不到你的妈妈。无论吃多少苦,你不要想你的妈妈,你能不能?""我能!""好。"他的爸爸咽下口水,转过脸去问自己的太太:"你说,华儿留在家乡好呢,还是到外乡去好?""年轻人,远走高飞好!""他这次离家,不知道哪年才能回家,日子久了,无论刮风下雨,过年过节,你不要想他。如果有天你想他,就是想疯了,我也没办法找他回来。""好,我不想他。""有一天你生了病,你想他想得受不了,到那时候——"交谈一直是以窃窃私语的低音进行的,这时,做妈妈的突然哭着喊出来:"我不想他就是了!我不想他就是了!"妈妈在叫喊时,呼气把油灯的弱焰压死,屋子里外一片黑暗,谁也看不见谁的表情,没有人再想点灯,华弟他们就借那一片黑走出去。 十几年来,华弟牢记离家时所许下的诺言,努力克制自己,绝口不谈妈妈,让脑海埋藏在离别时的那一片黑里。 他知道,他的妈妈也曾努力克制自己,不提儿子。 他说,他现在非常、非常想他的妈妈,理智的堤防已完全溃决。 他知道,他的为黑暗所吞没的妈妈,也在非常、非常想念儿子。当华弟向我低声诉说的时候,我悄悄地流了泪。他还没有说完,我早已决定了。我说:华弟,我答应你。 华弟,我答应你。我答应你,我答应你。我先在暗中默念了一百遍。 这样,我做了他的照片上的新娘,做了他妈妈想象中的媳妇。 华弟,这不是嫁给你,我可没有答应嫁给你。我当时向他声明。我那样做,完全是为了安慰一个快要离开人世的老太太。我想,谁也不应该怪罪我。 世上有些心地龌龊的人，会把一件很单纯的举动说得复杂，你将来也许会遇见这种人。为了预防这种人播弄口舌，我和华弟特地到 70 公里以外的一个城市中去定礼服、找化妆师、预约照相馆。在那个城里，我们没有一个熟人。我们只拍了一个镜头，这个镜头只洗出一张照片，由我亲手把照片交给华弟，再由我亲手将底片烧毁。我们相约永远保守秘密。拍照时，我在照相馆的穿衣镜里欣赏自己，觉得浓妆后的我相当美丽。说真的，我还不知道自己可以这样好看。你如果不信，等你娶我那天就知道了——如果你听完我的故事还打算跟我结婚的话。那天，拍照之后，换上便装，我竟舍不得立即把脸部化的妆洗掉。我们希望当天取件，老板答应四个小时以后办好。华弟端详我，然后说："我的泥娃娃，我们去找个地方坐一坐吧。"

他带我到一家设在九楼的茶座去吃水果。在落地长窗之前，透过洁净无垢的玻璃，我们下临狼牙般的屋顶，整排大厦形成的峡谷，像一群蝌蚪一样的尾部冒烟的汽车。冰冻过的水果使我牙软，我觉得我的处境既危险又优越。华弟的眼睛炯炯向我。他说："我的泥娃娃，请你偏坐，我看看你的侧面。"一会儿之后："我的泥娃娃，挺起胸来，下巴仰高一点。"我一面像模特儿一样摆着姿势，一面抗议："为什么叫我泥娃娃？""哦！这是属于我个人的一个典故，在我的家乡，有一种手工的泥娃娃出售，极受孩子们宠爱。泥娃娃的衣饰和化妆都十分鲜艳，你得非常小心，才不会把她弄脏。"九楼临窗的地方光线充足，我们又把窗帘打开了。天光直泻而下，使我像新沐后一样兴奋。楼梯上忽然滚下来一串音乐，原来梯口处写着玫瑰红的字：十楼舞厅。

"我们为什么不去跳舞呢！"我说。"我们为什么不去跳舞呢！"几乎是同时，他也不约而同地说。你知道，我是喜欢跳舞的。你讨厌跳舞，可是你说过，能容忍我。我跟华弟第一次见面是参加舞会，最后一面也是跳舞。当时谁也不知道这是最后一面，我跳得很尽兴，不会去想将来，我根本忘了时间。我以为华弟也忘了时间，但是他记得。他突然像从梦中醒来一样说："该走了。"在盥洗室的镜子里，我发现华弟把我的化妆完全弄坏了，不禁怅然若失。继而一想，也不能全怪他，我自己也有责任。望着镜子里面那张脸，我想，华弟说的那个弄脏了的泥娃娃，大概就是这副模样吧。我对着镜子发了一阵呆，然后把脸洗得干干净净。我望着华弟，把那张照片装进预先写好的信里，望见他站在邮局的柜台前，注视那个航邮的信箱，望着他郑重地把信投进去，望见他缓缓闭上眼睛，一会儿再睁开。我跟他之间的关系，这一幕是最高潮。以后，我没有再看见他，因为母亲的心脏病发作，我连夜赶回家来。本来以为侍候母亲几天，等母亲好一些，可以再回到队上去工作，谁知道事情转变得太快，我已经决定放弃工作，死心塌地嫁人了。我已经决定照妈妈的意思做。妈妈一直主张我嫁你。我不想再看见华弟，也不希望华弟看见你。可是，妈妈怎么会有我跟华弟合拍的那张照片？实在奇怪，照片明明只有一张，底片明明由我亲手烧毁。难道是照相老板欺骗我们？难道是你从中捣鬼？你当然不承认，不过，这次回家以后，听说你曾托人暗中注意我在外面的行动。你真不可原谅，你该想到，妈妈的心脏不好。你这件事做得真卑鄙。华弟绝不会做出这样的事来。我对妈妈说，妈，我在外面并没有私自结婚，真的没有。妈，我的终身大事不会瞒着妈妈的。我一定听妈妈的话，一定，一定，一定。我一定不嫁给妈妈不喜欢的人。我在外面并没有学坏，妈！无论我怎么解释，妈妈不听。"你真会编谎。你学会花言巧语说故事了。"妈妈这样说。"我死了吧！我死了吧！我不要这个女儿了。"妈妈这样喊叫。医生说过，妈妈的病情，不能再受刺激。回家的那一天，我望见村人和家人的脸色都透出青来，他们都料到我会把妈妈气死。我十分慌张，手足无措。忽然想起华弟的母亲跪地合十的事，不知不觉在妈妈的床前跪下。我跪下之后，立即想起一句话。我说："妈，我是纯洁的。"妈妈不相信，严厉地逼视我。我反复地说："我是纯洁的，我是纯洁的。""好吧，"妈妈挣扎着说："扶我坐起来。"妈，你何必要坐呢？不过我还是照办了。妈妈非常严肃地说："把你的内裤脱下来。"我明白了！不知为什么，手臂和腿索索地抖个不停。我是纯洁的，可是，我抖得很厉害。我暗暗对自己说："不要怕，不要怕，你为什么要害怕呢？"我在战栗中做完我所该做的。然后，妈妈搂住我，哭了。我也抱着妈妈，哭了。父亲和哥哥听到哭声，十分惊慌。他们敲门，我们没有听见。于是他们用力推门，直到合力把门推倒。因此，你才会听到那个谣言，以为妈妈病故。你来看妈妈，妈妈当着我的面对你说："我再也不要她到外面去做事了。"在她看来，如果再到外面去工作，对她对我都有莫大的危险，她认为无须再沿街吹打找女婿了，因为她心目中早已有你。坦白地说，我考虑过不嫁你。如果我不嫁你，也不嫁别人，只有拖下去。妈妈的病犹如不测风云，谁也不知道她能再管我几年。如果我不出嫁，我在等待什么？我在等妈妈死！如果我一再拖延我的婚姻，妈妈在我的拖延中猝然去世，我的良心里会有一点声音："你的妈妈是你咒死的。"一旦发现自己潜意识里隐藏着这种罪恶，我又有要发抖的感觉。瞪着眼睛想了几夜之后，我写给华弟一封信，信很简短，只说不再回来了。我告诉他说，我决定照母亲的意思结婚。"我已经跟你合作，做了一件事情安慰你的母亲，请你也跟我合作一次，做一件事来安慰我母亲。"我用比较大的字写下这两句话。我不能不结婚，虽然我并不想结婚；我不想结婚，可是我不能不结婚。这些迟疑、彷徨、矛盾，都是以前的事，现在，一切都过去了。我既然嫁你，以后自然跟你一条心。不是跟你一条心才嫁给你，而是嫁了你才跟你一条心。明白不？不管怎样，结果总是一样的。是不是？

单身温度

（一）

　　单身汉的冬天特别冷，尤其是寒流加上阴历年，华弟的血液快要结冰了。阴历年除夕，华弟自动给自己放了假，直睡到午饭时分。他把过冬的衣服全穿在身上。午饭给他的那一点热，很快就散光了，前胸后背冷飕飕有风穿进穿出。下午，所有的单身汉，除了华弟以外，都到外面想办法去驱除那个叫作"新年"的孤寂恐惧。整栋宿舍，每一个房间的门都紧闭，每一个窗子都漆黑。等日历撕到这一张，他们都像受打击的兽一样逃散。剩下这空屋，被压在阴沉沉的天底下，裹在无定向的风里，做一群老鼠奔驰竞技的地方。

　　而今年的华弟，哪里也不想去。他在自己的宿舍里呆看月份牌上精印的合欢山雪景，看那山陵树木生一层白锈的悲惨景象。山前，一根树枝斜伸过来，像求救一样。但是这只臂已快要被雪压断。老鼠啃桌子脚的声音使他一度以为是骨头断裂了。很想动手把月份牌撤除，省得愈看愈冷。可是，如果撤除了，四壁只剩下雪白，会给人更难受的滋味。最好有能够帮助他抵抗他那彻骨寒意的图像挂在眼前，例如穿了火红色紧身衣服的肥美胴体。可是，他没有。他无意义地望着窗外。奇异的景象出现了，胡家的养女在后院里洗衣服，她穿着窄小的单衣，洗一堆又厚又重的东西，用自来水厂从三十五公里以外的荒野里引来的无情水。她那裸露的手臂，残酷地浸在水中，上身俯在像个小池塘一样的洗衣盆上。风围着她打转。

（二）

他的窗子正对胡家的后院，常常可以望见她在哗哗的水声中吃力地揉搓着，每天，每天，从无例外。本来司空见惯，可是，他觉得今天的景象很奇异。她低着头，忘我地揉搓着，乱发垂下来遮住前额，不住地摆动。由于太吃力，她那因裤管太短而裸露的小腿肚也在颤动。在惨白的天色下，胡家后院里那几排晒衣架，像一些死亡枯槁的植物。当她站起来，高举双臂，把洗净的被单挂上去时，他俩的目光相遇，而且在空中稍稍停留。那也是常有的事。华弟在窗框上挂了一面小镜子，每天早晨，打好领带，他照例朝小镜子里看一下，再去赶公交车。有时候，正当他要照镜子时，她在挂衣服，两人就不期而遇，交换一瞥。他想：这完全是因为镜子挂在窗框上的关系。

今天，他们互相注视较久，他不需要去赶公交车。她挂好了一件被单再挂另一件，双臂上伸，并且向两边不断运动，那过于窄小的衣服承受不住肌肉的压力，把胸前的一个纽扣弹得老远。她一只手掩胸，用一只手继续把被单挂好。不知为什么，他觉得那随风飘动的白被单，像办丧事的白幡，那养女坐在洗衣盆前的姿势像个哭坟的寡妇，她的眼泪注满了盆内，发出哗哗的响声。一切实在奇异。她为什么还不出嫁呢？她实在应该有自己的家庭。单身宿舍里一度流传着这样的故事：她的追求者来向她的养父求婚，养父问："你们认识多久了？""一年。""你爱她？""十分爱。"养父把养女找来，指一指她的男友，"你愿意嫁他？"她惶恐地点点头。于是养父找了三个壮健的汉子来，当着养女的面，把求婚者毒打一顿。然后，当着她的面，解开裤带，把小便解在玻璃杯里，强迫那求婚者喝下去。然后，再打他一顿耳光，赶他出门。这荒唐的故事早已被别人遗忘了，但是它却深深地印在华弟的脑子里，印得很深很深，永不磨灭。每次想起这个故事，他都要像自己喝过尿一样恶心、屈辱。看她把红肿的手伸进水里时，他仿佛感到手的皲裂和臂的麻木。两腿微微地起了痉挛。

华弟拉紧大衣的领子往外走，街角有个卖烟酒的小铺，他想买一瓶绍兴酒。小铺紧闭大门，门板上贴着"春节休业，恭喜发财"的红纸条子。他继续往前走。马路两旁所有的门窗都闭着，把铝色的天光和鬼影子一般的风，还有他，闭在门外。每一栋房子都是一个硬壳，包藏着年夜饭的热空气。壳外的马路是一条长长的输送冷气的管子，冷从东郊沿着它通往西郊。他沿着管壁找一件暖洋洋的东西，一瓶绍兴。如果没有一瓶酒，他担心会有可能冻死，在那栋全空的十二个房间之内。冷得难受，他仿佛是赤裸的。即使是裸体在街上走，也不过这么冷。他以为。甚至比裸体还要冷。一只狗远远跟着他，这狗很肥，但是毛几乎脱尽，露出灰白色的光滑的臀部来，走路时，光滑的大臀一摇一摆，像一只猪。这只肥臀的裸狗并不怕冷，在风中怒目向人。从后面看，它实在像猪，一只猪生了一双怒犬的眼睛，那眼里有闪烁的凶光。那凶光，比冷风更使人不安。

正在厌恶那狗，前面巷子里忽然走出来一个女人，她在巷口用眼睛的余光扫了他一下，就转弯走在他前面，向同一方向前进。她穿的大衣和戴的帽子，都用最近流行的一种人造皮做成，灰白的长毛贴在身上，黑斑又贴在毛上。从后面看，像一头豹，一头直立的豹。她的两腿却赤裸裸插在能够反光的黑皮鞋里，尖长的鞋跟生硬地往沥青路面上插来插去。腿部肌肉露出坚韧的线条，跟上身的温软娇弱很不相称。一头生了鸟腿的豹。她的上身，是他所遇到的唯一能引起暖意的东西。他跟在后面走了半条街，琢磨她那肥大衣里面的细腰身。那狗也远远跟着他，三者形成奇异的队伍。直到他买到酒。

（三）

　　一种声音把华弟从梦中惊醒。一种像是豹在山林的落叶上践踏的声音，像是癞狗在门板上擦痒的声音。华弟全身冰冷，好像压在棉被上的毛毯和大衣都已失踪一样。他咬牙坐起，拿起大衣像披一张纸一样披在身上，伸手摸到一根棍子，悄悄去开门。他相信是来了贼，谛听之下，不像小偷撬锁，心理上的戒备先松了大半。轻轻打开门，门前地上那是一个全身赤裸的人，两腿紧贴着胸，两手再紧抱着腿，下巴又紧紧抵在膝，小偷，是一团令人眩晕的惨白，门开处，那一团白贴着门板滚进来，瘫在他的腿边。

　　那是一个全身赤裸的人，两腿紧贴着胸，两手再紧抱着腿，下巴又紧紧抵在膝盖上，像胎儿一样蜷伏着，用自己的体温温暖自己。她无声地抖着，华弟感觉到像是汽车马达发动时密集的震动。打开电灯，看清楚了，是一个女人，胡家的养女。急忙拿起棉被，把这个颤动的肉团包好，抱起来，放到床上。在床上，她仍然紧紧地自己抱着自己。裹在棉被里的她，看上去像一个沉重的大包袱。华弟坐在书桌旁边发了一阵呆。那个使人恶心、使人觉得屈辱的养父，居然在这样寒冷的大年夜，把她从被窝里赶到户外，这简直是谋杀。他非常气愤，一种无可奈何的、绝望的气愤，为什么没有人制裁这个恶汉呢？

也许应该由我来……我要杀死他……他想。

我要杀死他……他想着流血的恐怖。

然后是非常的寒冷。由于仅有的一张单人床和床上的东西都被这个避难者所占据,他失去了抵抗寒冷的最后的堡垒。

幸而他还有一瓶酒。他起来,在狭小的房间里设法走动,大一口、小一口吞咽冰冷的绍兴。慢慢地,胃暖热了酒。慢慢地,酒又暖热了血管。掀起窗帘的一角看看屋外,惨白的灯光像满地严霜,枯树枝摇动的模样表示风很劲峭。啜着酒,他不再怕隔着玻璃迎面逼来的寒气,夜不再像以前那样难以度过了。酒使他四肢舒展,体积膨胀,成为一个巨人,一个棉花糖似的巨人,浮在空气里,像海绵浮在酒精瓶里。

我该杀死他……他又想。

(四)

有了酒,暂时不需要那件大衣。华弟脱下大衣,想给床上的她多盖一些,见她已放弃了蜷曲的姿势,很舒适地仰卧在床上。一条臂从棉被里露出来,垂在床沿上,像一具尸体,一具在凶杀案中待验的尸体。华弟知道那不是尸体,是活生生的人。他拾起那条裸臂,望见上面有藤条鞭打过的血印。"我要杀死他!"他又这么想。有一条紫色的伤痕由肩开始，像蜿蜒的山径一样伸到背后去。他轻轻地推她，使她改成侧睡的姿势，他要看看那瘀血的鞭痕究竟多长，多深。

突然，一只猫向他扑来，向他的脸……

他没料到有一只猫。可是他看清楚那确是一只猫，一只黑猫，白色的肌肉明显地把它衬托出来。原来，赤裸的她不是完全赤裸的，她贴胸抱着一只猫，猫呼噜呼噜像个小火炉似的烤热她的心脏。她抱着这只猫在死亡面前挣扎。

他觉得狠狠地挨了一个耳光。……

这突如其来的袭击使他怒不可遏。转身拿起棍子，高高地举在空中。

猫跳到书桌上，眼睛里闪着磷火。棍子劈下来，打碎了台灯。"杀死你！"他恶毒地想。棍子在猫的头顶上移动。猫逃到书架上，棍子跟着砸碎了书架的玻璃门。在静夜里，厮杀的响声很洪亮，但是床上的她依然安静地仰卧着，臂和肩窝露在外面，没有受到任何惊扰。然而这真真正正是一场必死的厮杀。最后，那猫逃到三脚架的顶层，架上的玻璃杯落下来碎了一地。华弟逼近，像棒球的打击手那样举着棍子。猫十分机警地望那棍子，又望望头顶上的天花板和两旁的墙壁，知道自己陷在无路可退的绝境。它陡地改变姿势，向华弟猛扑。他真的像一个优秀的打击手那样，击中了迎面飞过来的黑点。击中时,那声音也很像球棒击中了硬球,只是更清脆些。这个黑点没有凌空飞起,它重重地跌下去,跌在华弟脚前,哀号一声,撒了一摊尿。

地上升起血腥味和臊气。然后,什么动静也不再有。他跌坐在椅子上,疲乏地喘气,吸着猫尿和猫血的混合气味。额上被猫抓过的地方开始剧痛,血已止住,天气冷,血凝固得快。

(五)

朦胧中,他听到母亲唤他的乳名:"小真!小真!"

母亲站在山坡上向他招手,他大喊一声,伸开两臂,向母亲奔去。路很近,可是斜坡很陡,那距离比想象中长十倍。他的两腿好像蹬在圆轮上,无论多快,仍留在原来的地方。"小真!小真!"母亲很焦急地喊着,弯下腰来,向他伸出长长的指尖。他已爬到很高的地方,可是,跟母亲并没有比原来更靠近。他爬得更奋勇,望着那尖尖的手指。一步悬空,他飞起来了。天空很冷,很冷,很冷,黑色的深渊一般,没有云月星。

低下头找母亲,母亲的声音却在更高更高的地方。"小真,小真!"低下头只能看到水,黑色的浊水。这是一口肮脏的废井,他泡在井水里,母亲俯在井口上喊他:"小真!小真!"从黑暗中伸下白色长长的臂,白色尖尖的手指。他用尽力气想抓住那一长条白色,蓦然,醒了。"小真,小真!"仍然听见这充满母性的喊声。床上的人呻吟着,不断叫出这个名字来。华弟惊奇地走到床边:她怎么知道我的乳名呢?她闭着眼睛,唇微微张开,两颊红得可爱,喃喃地叫:"小真!"尖尖的白手露在被子外面。"你怎么会知道我的乳名呢?"他握住那一排尖尖的手指。那手是热的,他没想到天天浸在冷水里的手这么热。他享受那一股细细的热流。

在那一场跟黑猫的大搏斗里,他出了一些汗。后来,当他伏在书桌上睡去时,那浸了汗水的内衣都变成冰片。而夜正深,并且很长。他双手捧住她的面颊,那红透了的两颊很热,呼出来的气也很热,热流穿过他的手心,沿着臂,走入他的心室,使他觉得春天到了,应该丢掉臃肿笨重的冬衣,换上轻飘飘的新装。

"小真,小真。"她在半昏迷中呻吟。她不可能知道他的乳名,一定是巧合,这儿一定有另一个人也叫小真。可是他来不及想这些了,他掀开棉被,以他自己的僵硬黏湿,紧紧抱住四十二摄氏度的高烧。

她呼出来的热气恰好喷在他的胸口上。

他的胸和颈沁出汗珠来。

他抬手把压在棉被上面的大衣拉开,丢在地上。然后用那只手轻轻抚摩她背上的鞭痕,睡了。

他不知道夜在缩短,黎明将到来。他不知道气温在下降,她的热度在消退,将一直退至零度。

他不知道明晨更为酷寒。这一切他都不知道。

白如玉

　　新来的女同事白如玉很朴素,黑裙过膝,平底鞋,套头的毛线衣高领窄袖,头发没烫,用一支米黄色的发夹在颈后夹起来。除了画眉毛,脸上别无化妆品的痕迹。上下班按时到退,整天低着头抄财产目录,填写那些几乎与桌面一样大的明细表。似乎太朴素了一点,也太安分了一点。周思明对华弟说,恐怕是个戴热孝的寡妇。可是,另一个叫高政的男同事去查人事资料,赫然发现她在登记表上填的是未婚!于是,三个男子汉都为之兴致盎然,仔细盯着由后耳到后颈的一片乳白。

　　周思明请高政和华弟去吃馆子,酒菜丰盛。酒过三巡,周思明举杯说:"两位老弟也拿起酒杯来,我有话说。……白如玉来了,咱们都对她的印象不错,如果赛跑,一定伤和气。两位老弟的机会多,不如让给我一个人追,如何?"

　　"没问题!"三人一饮而尽。

　　周思明打听白如玉的生活习惯,知道她租了一栋小楼独居,每晚到大雅补习班学英文。于是也到补习班报名,彼此做同班同学。日月如梭,战报频传,胜负都是兵家常事。据周思明说,白如玉不喜欢热闹,对戏院歌厅夜总会都不感兴趣。一天,周思明提议到咖啡座听听音乐,不料白如玉轻轻地叹了一口气:"我总觉得,那些地方的音乐,还没有我自己的唱片好呢!"

补习班放学以后,周思明照例是要送她一程的,随着友谊的进展,由车站而巷口,由巷口而门口。这天晚上,送到门口以后,她打开门没有回头说再见,他就跟着跨进门去,说:"让我看看你的唱片。"就这样,轻而易举获得进入香闺的资格,使周思明感到意外。房子不大,家具什物简单,但是十分干净整齐,墙上挂的,桌上摆的,地上放的,都不俗气。周思明估量她:一定是个好太太!

补习班三个月一期,转眼期满。华弟问:"盛传你们要在结业以后结婚?"周思明一惊:"哪有那么快,我还没求婚呢!"

周思明想,为什么会有这种传说?一定因为大家对他们的交往有一种看法:两人的年龄都不算小,不必去旷时费日空谈友谊,理智第一,婚姻为先。不用说,谣言代表大家都认为这一对很合适。夜长梦多,他决定找个机会摊牌。借庆祝结业为名,周思明请白如玉吃饭,并且强劝了一杯啤酒。回到住处,她嚷热嚷渴,怪自己喝酒,也怪他劝她喝。周思明反客为主,为她烧开水,削水果,挨着她的身边坐。

"思明,你坐过去一点,很热。"她低下头去,低声说。

"你抬起头来,让我看看你。"他的手臂反而揽住她的腰。没有抬头，也没有别的表示。他轻轻掀起一绺发，在后颈上印一个湿的唇印。

"如玉，我们结婚吧！"

"不行！"

"为什么？"

"你不了解我。"

"我不要了解你，只要爱你。"

"没有了解的爱是盲目的，你会后悔。"

"绝对不会！"

她的头缓缓抬起，望着他："但是我要了解你。"一阵无可奈何袭来。两臂向前伸，往她的后颈上绕去，她伸手轻轻一推，抵在他的胸膛上。

"那么，给我一个吻吧。"

"然后，你回去。"

"一定。"

她的臂放松，让他的臂缠紧……

她再用力将他推开，低下头去，不动，也不说话。他只有摸一下她的头发，站起来。

双双升入高级班，再读三个月。白如玉的生活态度慢慢转变，除了工作，也参加同事们的谈天，有时候笑吟吟地告诉华弟，她小时候最怕蚂蚁;有时候自己烧几样菜,把三个单身汉都邀进小楼。这次,高政悄悄溜进她的卧房,拍手叫嚷:"你们都来!"卧室内有一架崭新的梳妆台,唇膏、眉笔、香水、水粉饼罗列,都是新买的。一件短裙低领的无袖洋装,刚刚从裁缝那里取来,平铺在床上。三个人一齐发出惊呼,周思明的眼睛睁得最大。白如玉从厨房里跑出来,嗔怪他们:"我还以为出了什么乱子哩!"

高政对她说:"你看,周思明多么爱你!"

她望着周。周急忙辩白:"这些东西,都是她买的,我是跟你们同时发现。"她仍然望着他。他想了一想,又说:"她从来不收我的礼物。有一次,我买了一串项链,被她逼着退回店里。我一样东西也没送过她。"她这才盈盈一笑:"你们来喝茶吧。"

回客厅伸伸手,手掌上镀着一层油光。"我正在炒菜。"

回到客厅,华弟对周思明说:"你使她变了。"

"她不过是恢复正常而已。"

"她打扮起来,一定美得发亮。她不化妆,我认为是人生憾事。"

高政插进来:"她忽然肯化妆,有什么特殊的意义没有?"

"你认为呢?"周反问。

"例如,你们订婚?"周用力摇头。

在饭桌上,高政问她:"现在,各色高级化妆品一应俱全,什么时候启用?"

"不一定。碰上哪天天气好,加上一时高兴。"

"今天天气很好,你的心情也挺不错,何不隆重开始,也好让我们观礼祝贺?"

"今天我是厨子。"

"饭后,你清闲下来,以女主人身份化起妆来,让我们三个坐在周围欣赏你的美,如何?"

"饭后我该去做头发。"高政为之索然。不过他立刻又恢复了自信:"没有关系,我可以想象你化妆后的模样。我能用想象力在你嘴唇上涂好口红,再想象你涂过口红的嘴唇是什么模样。从现在起,在我的眼里,你跟化过妆一样。"

白如玉转过脸,对着周思明,微微皱了一下眉头。

一天过去。早晨,办公室里不见周思明和白如玉。高政问:"华兄,你注意到了没有,昨天夜里,老周没有回宿舍。"

"难怪早晨没见他洗脸。"

"白如玉今天也迟到。我看,不是巧合。"

"如果不是巧合,我们就准备吃喜酒。"

10点,周打电话来,约华弟、高政到五福咖啡屋见面。"五福"是五层楼,周在楼下等候。三人聚齐,周领先登上二楼,看见二楼的客人不少,转身向三楼而去。刚拣了一张桌子坐好,有一批观光客拥入,周立刻起身:"到四楼去。"四楼清静。咖啡送到,侍者退出,周压低声音说:"我遇到了问题。"两人静听。"昨晚,你们走后,白如玉化了妆,很漂亮。我认为机会来了,就向她求婚。她说,在我答应嫁给你以前,我要先告诉你一件事。她说是一件很要紧的事,我应该先知道。你们猜是什么事?她做过妓女!"

"什么?"两人都张着嘴。华弟还说:"看不出,一点也不像。"

"千真万确,她在温泉做了将近3年陪浴女郎,电话:407,花名小玉。她都坦白说出来了。"

"周兄,这个问题,你应该自己考虑,不该跟我们商量。"华弟说。

高政反对:"什么话!以我们跟周兄的关系,彼此可以无话不谈。"

"昨天晚上,我对她有点着迷,当时拍了胸脯,表示爱情没有条件,既往当然不咎。她伏在我胸脯上哭。因此,昨天夜里我没有走。今天早晨,我冷静下来,仔细一想,不行。我不能跟这种女人结婚。我已经决定了,并不需要再跟你们商量。我的意思是让两位知道她的底细。这种女人是很可怕的。"

"当然可怕。"高政说。"陪浴3年,全身的皮肤也不知道被温泉洗掉了多少层。每天平均陪两个人,也跟两千多男人发生过关系,有两千多男人看透了她。这还得了!台北市一共才有多少男人!"

"我想,我们能做的事只有一件:保守秘密。"

"当然,"高政说,"那是看周兄分儿上。"

回到办公室,白如玉的座位空着,高政低头一阵暗想,起身直奔白如玉的住所。白如玉还穿着睡衣,没有洗脸。晚妆已残,唇膏仍发亮。高政冲进去,随手锁门。她惊讶地望着他。

"小玉!我来了!"

她仍然望着他,眼光变冷了。

"你在 407 的时候,我们是老相好。"他粗野地将她抱住,两个人的眼睛相距一寸。她明白是怎么一回事了,恶狠狠地骂道:"周思明,我 × 你祖宗!"朝高政的右眼里用力吐了一口唾沫。高政睁着一只眼睛找她的唇,忽然自己的唇被对方啮嚼,痛得放开了手,从对方的牙齿上看见自己的血。霎时间,白如玉丢弃了一向辛苦维持的自制和自尊,脸上重又写着风尘女子的狠与贱。高政又厌恶又愤怒,朝她肚子上踹了一脚。她弯着腰退到沙发上。唰,唰,高政送过去几个耳光,每一个耳光附加一句"臭婊子!"直到看见了她的血,直到分不清哪里是她的血哪里是自己的血,才捂着自己的嘴唇去找医生。

又是一天,仍然不见白如玉上班。人事室在签到簿上盖下血红色的"旷职"。又是一天,下午,华弟接到陌生女子的电话。对方很慎重地问清他的姓名、职业,然后说:"你有一个朋友,得了急病,住在圣若望医院,请你快来。"又郑重叮嘱:"你一个人来,不要通知别人。"

找到管病房的护士长,打听详细情形。护士长说:"你的朋友自杀遇救,现在想跟你谈谈。"

真难相信,病床上躺的是白如玉。"谢谢你。我还以为你不会来。"她说。

"我一定会来。"华弟在床前坐下。

"你都知道了吧?"

华弟点头:"但是,你该保重。"

"昨天,我实在不想活下去了,我觉得我是个该死的人。想不到这里的护士对我说,自杀是有罪的,叫人真不服气。自己死,让别人活,结果还落了个罪名。"

"那么,就活给别人看看。"

"这里的护士轮流地一再劝我,找一个朋友来谈谈。我暗中觉得好笑,我是什么人,哪里有人肯来看我?如果我是小玉,老板娘会来看我。现在,我是白如玉,连老板娘也没有,还不如407号的姑娘!想了又想,最后想到一个人,你!你也许可能。我有几件事非找人帮忙不可,你是唯一可能帮忙的人。"

"我一定帮助你的。"

白如玉从枕头底下摸出一串钥匙来,在床单上摊开,指指点点:"这是开大门的钥匙,这是开房门的。卧房里有一只红皮箱,用这只钥匙打开把存款簿和图章找出来。提一笔钱，给我换个清静的病房。我要好好想一想。"停了一会儿，又说："你替我辞职，办离职手续，我要走得清清白白。"然后，说得很迟疑，望着华弟的脸色。"另外一件事比较麻烦，请你把我租的房子退掉，另外租一栋，跟原来的房子不要在同一区，离我们办公的地方也要远一点。房子租好以后，通知搬家公司把东西搬过去。"

华弟一一答应，用保证的语气说："这一切，一个星期可以办好。一个星期以后，你也该出院了，那时候，你一定有一个新的房子，新的生活。"华弟告辞，白如玉又喊他回来。她说："替我带换洗的小衣服来。你知道不知道该带些什么东西？"华弟想了一想，说："大概知道。"

一星期后，华弟接白如玉出院。新住所是公寓第三层，房子刚刚落成，正焕发着光彩。原来的家具都刷洗过，窗帘沙发套换了新的，闹钟，咖啡壶，电唱机以至厨房里的炊具都擦去灰垢，映出人影。打开客厅的窗子，阳光灿烂，各色玫瑰在阳台上精神饱满地吐出新蕾。白如玉没有血色的脸上泛起轻红，对华弟说："你使我真有了新的感觉！"

"你有钱，办事不难。"华弟一笑。

卧房里，床头一瓶盛放的白百合。白如玉快乐地倒在床上，抱住一个枕头："华弟，怎样谢你？"

华弟坐在梳妆台前的小榄上,说:"那一天,我拿了钥匙来找存款簿,发现存款的数目不少。你怎么这样放心,如果我拐款潜逃呢?"

"如果你逃掉,我在医院里再自杀一次。"

"你能信任我,我很高兴。这种高兴的本身,就是报酬。"

"我不大懂你的意思。我一定要谢你。"

"你好好活下去,活得很好,也就是谢了我。"

"我活得好,怎么是谢了你?你讲话挺怪。谈到谢你,该是我付出一点什么、牺牲一点什么才对。"

"谈到牺牲,你的牺牲已经很大了。"

白如玉从床上坐起:"你这句话不是讽刺我吧?"

"你怎么会这样想?"

"这句话使我想起我丢过人,做过小玉。我在这方面很容易多心。"

"小玉的确是为了别人,牺牲自己。是为了家庭吧?"

"为了家庭。当我下定决心的时候,很多人称赞我,说我了不起。等我真的做了那种女人,却人人瞧不起我。"

"你不该把那秘密告诉任何人。"

"我上了家庭杂志的当。所有的家庭杂志都说,女人应该对未婚夫坦白,坦白会得到谅解,增加感情。"

"你并不了解男人。今天你很疲劳了吧？我走了，你好好休息休息。"

"我明天请你吃晚饭，你一定要来。"

白如玉亲手烧菜，客人只有华弟。在饭桌上，她像妻子照料丈夫一样招待他，既细腻又自然。饭后闲谈一阵。她把话题引到名字上，用很郑重的态度对华弟说："我很讨厌'白如玉'三个字。当初我见不得人的时候，用这三个字登记领牌。这三个字使我恶心，一天不改，一天心神不安。我要改成白淑贞。你看好不好？"

"这完全是心理问题。如果你觉得非改不可，我可以替你办手续。不过，改名字比租房子麻烦，麻烦得多。"

"好华弟，这件事对我很重要。"

"我当作一件重要的事去办。"

华弟回去查法令思索。他挟着一瓶洋酒去找在市政府服务的同乡老罗，又提一条火腿去找在省政府服务的同学小张。小张查出来有个白如玉，住在二十里以外的乡下。华弟请了假，带足必需的表格，去找这个20岁的大孩子。公路长途客车把煤烟的气味丢远，穿过一阵泥土味，一阵青草味，一阵牛屎猪屎的气味。下了车，一阵香火纸箔焚烧的气味刺鼻，有人正在大出丧，灵棚花圈把附近的门牌都掩住。打听之下，心里一凉，死的不是别人，是白如玉！华弟扑了空，心里难过，也到灵堂去行了一个礼。听亲朋谈论，这个叫白如玉的男孩死于车祸。这孩子从小喜欢驾车，四处骑着娃娃车追鸡鸭，总是嫌自己的车慢。初中毕业时，父母给他买了一辆自行车。骑到高中毕业，又嫌自行车不够快，非要一辆摩托车不可。父母爱他，一切照办。谁料新车，新衣服，大专联考新考取的学生，骑车撞在急转弯的一辆货车上。不忍看他的父母伤心欲死的样子，华弟急急回程。

白如玉说："你看，谁叫这个名字，谁没有好下场！"

一计不成，又生一计。华弟提了一篓苹果去看圣若望医院的护士长。

"呀！你不是白如玉的朋友吗？白如玉只有你这么一个朋友，我记得很清楚。"胖嘟嘟的护士长很和气。"干吗要带东西来？你说明来意，我看看能收不能收。"

"一定能收。白如玉想改个名字。"

"我赞成。改一个名字，表示复活重生，表示今后与以前不同。圣徒保罗就改过名字。"

"请你查一查，有没有姓白的在这里生孩子。如果有，麻烦你劝那位白太太替孩子取名叫白如玉。同一个区域，有两个人同名同姓，其中一个才可以申请改名。"

"你真聪明，来得也巧。这里有一位白太太，家境不好，我们正在替她申请社会救济。你能不能捐一笔钱给她？"

"捐多少？"

"我们去谈一谈。这篓苹果，算是你送给她的好了。"

白太太严重贫血，她的孩子先天不足，捐款对她是一阵及时雨。何况护士长！再说，"白如玉"三个字音节动听，字面美丽，笔画简单，孩子也能很容易学会写自己的名字。所以，稍一磋商，对方完全答应。于是，院方发给这个"白如玉"出生证明书，白家拿去申报户籍。

华弟松了一口气，对白如玉说："一百里路走完九十里了。"

剩下的十里路上有数不清的站，走得很慢，弄得白如玉心急如焚，觉得头上顶着一锅沸油。她不好意思逼华弟，事实上逼也无用。幸亏附近邻居有几位太太很喜欢打麻将，白如玉索性天天坐在麻将桌子上不下来，通宵达旦，故意使自己疲劳不堪。三个月过去，她的两颊和眼窝都凹下去不少。华弟为她的事东奔西走，雨淋日晒，也弄得又瘦又黑。不过皇天不负苦心人，改名终于如愿以偿了。华弟喜洋洋把身份证交给她，她喜洋洋接过去，审视之下，白如玉的脸又结了冰。她大叫："该死！这跟不改有什么分别呢？"身份证姓名一栏，原来的名字已划去，旁边另写着"淑贞"，可是，"如玉"仍然可辨。

"真是没想到。不过我们可以让这张身份证遗失，申请补发，新证上自然就没有涂改的痕迹了。"

白如玉太快乐了，她大笑："华弟，我知道你一定有办法。阿弥陀佛，我能有一张干干净净的身份证就好了。华弟，你怎么这样聪明呢？看外表，你不像是个心眼很多的人。幸亏你是君子，如果你去做坏事，那有多可怕啊！"她用舞蹈的姿势转两个圈子，转到沙发旁，坐下，用手拍拍沙发的另一端："华弟，来！你说，我怎样谢你？"

"一定要谢吗？"

"一定。我请你跳舞好不好？"

她看华弟似乎不至于反对，连忙约定。"九点，你来接我。"

晚上，白如玉把灰蒙蒙的梳妆台拭擦干净，仔细化妆，化得很淡，化得很用心。在舞池里，她像随时可以飞。她对华弟说："我是一个新人了。"她的兴致很高，跳每一支曲子，问华弟："你看，我像个新人吗？"不等对方回答，追加一句："不要为了给我打气而说假话。说真的，说你自己相信的。"

"如玉，你在进我们机关做事的时候，已经是个新人了。"白如玉眼圈一红，说："可是，我觉得你总是忘不了我的过去。"

"我发誓，我没有。"

"你没有当一个正常的人待我。"

"我发誓。"

白如玉很满意，两臂加了一点力气，同时，脸贴在他耳边，低声说:"既然你正常待我,不该离我那么远。"

华弟在她耳边悄悄地说:"我想到另外一条路上去了,我认为,只有相敬如宾才不会使你敏感。"

跳完舞他送她回寓。来到门口,她掏出钥匙,交给他,他打开门,再把钥匙归还。两人站在门边,互相望着对方,好像都不想进去。她先伸出手来,他握住。"华弟,你的的确确是难得的好人。我听说世上有很多好人,可是我只遇见你一个,在我遇见无数的坏人以后。"华弟唯恐再说错了话,她说过,她很容易多心。手分开,又互望一眼,她走进去,再转身朝他站住。一个在门内,一个在门外,门内的人朝外点点头,门外的连忙说:"再见!"

"再见!"门内的人轻轻地把门合上,很慢,很轻。

一个星期没有去看她。

一星期后,在办公室里,高政问周思明和华弟有没有听到白如玉的任何消息。高政有一个消息:"听说有个老华侨回国征婚,把白如玉征去了。"

"她肯嫁给老华侨?"

"当然,老华侨有钱嘛。"

"侨居地在哪里?"

"谁知道?这个消息不知道可靠不可靠,我到侨委会去查过,华侨回国结婚的有七八对,可是没有新娘叫白如玉。"

"查她做什么？"

"如果她还没走，我很想给她添点麻烦，让她头痛几天。我要那老头子不要她，或是一辈子看不起她，给咱们大家出一口气。"

华弟听了，满腹狐疑。由征婚到结婚，中间有很多过程，如果确有其事，怎么从来没听她提过一句，难道是在一周之内闪电完成的吗？他趁别人不注意时悄悄溜开。按白如玉住处的电铃，空屋回音，清楚响亮，半天没有人应。最后，隔壁出来一位太太："你是华先生？"这位邻居太太举起一串钥匙。一眼可以看出，它是白如玉留下的。

打开门，里面一切正常，白如玉明明仍然住在这里。征婚之说，显然是无聊的谣言。可是，梳妆台上有一封信。华弟打开窗帘，躺在床上看那封长长的信。

"好人！我走了，远远地走了，不过，你放心，这一次并不是去自杀。我到哪里去，过什么样的生活，跟什么人在一起，本来都该告诉你。可是，你教会了我一件事：保守私人的秘密，不向任何人泄露。我该听你的话，是不是？我还跟你学会了一件事：没有人能忘记我的过去，即使是你，华弟，你也不能例外。我只有靠自己忘记过去的自己。我曾经犹豫过。后来发现没有什么可以选择的了，也没有什么值得留恋的了。在这个社会中，我将永远赤裸无衣，因此，我不能再在你们眼中生活下去，甚至不能在父母兄弟的眼中活下去。我要到很远很远的地方去找衣服。我不会忘记,你帮助过我,可恨的是你拒绝我报答。你的态度如此也好,使我在离开你们时全无牵挂。你这个可恨的好人!最后再帮我一次吧。请你向房东声明退租,下个月的房租已付。请你全权处理屋子里所有的东西。这里所有的东西,我一件也不带去。我走时,从内到外的衣服全换过,连头皮屑都洗净,连脚指甲都剪掉。请你选几件寄给那个小女孩,那个在圣若望医院出生的女孩。我对不起她,强迫她叫那个肮脏的名字。我要求你,选一两件你喜欢的东西,自己留着,当作一件纪念品。你肯吗?你给了我很多劝告,我也给你一个好吗?你什么时候结婚?"

　　这封信,这屋子里的东西,朝华弟的脑子里塞进许多问题,幸而床很软。他打算今夜睡在这里,好好地想。

没走完的路

褚先生来做我们的邻居。他刚刚从美术教员的位子上退休,他的女儿褚环刚刚考上护理专科学校。有人对我说:"华弟,看见了没有?一个孤老头子带着一个独生女儿,他们非常需要女婿!"

那女孩并不怎么能够吸引我,我之所以常常到她家拜访,是为了接近她的父亲。褚先生跟我同乡,他还保存着家乡的一些生活习惯,他的身上还有故乡泥土的余香,他的眼睛里还仿佛有故乡风物的影子。夏夜乘凉,灭灯而坐,在茫茫夜色中听他一口乡音,谈桑麻旧事,我通体舒泰,如同回到童年。在这种情形下,我常常忘了有那女孩存在。她在外省的都市里长大,不带一分一毫乡情。

退休后的褚先生深居简出,精神萎靡难振,我建议他应该有适当的娱乐活动。有一天谈到流行歌曲,我想起有一家歌厅开业,生意不恶,便问他是否愿意前往一听。起初,他微微摇头,但旋即把视线落在女儿身上,说:"褚环也一同去吧。"褚环对父亲一向百依百顺。她必须穿很长的裙子,平底鞋,不涂唇膏。放学后按时回家,假日非有充分理由不许外出,外出时穿哪一件衣服也要征求父亲的意见。他按照故乡的传统管教女儿,甚至,对这么大的女儿还偶然会施以体罚。饱受这种教养的褚环，拘谨沉默，有时显得怪可怜。对于听歌，她固然不会反对，不过也没流露高兴。

在歌厅里，有几支老歌提起了褚先生的兴致。"我第一次听见《相见不恨晚》，是20岁的那年夏天。"他对我说。在歌唱节目进行到三分之二的时候，一个胖而高的男人出台表演口技，专摹各式各样的鸟叫，非常意外。我们从他用两只手掌覆罩着的嘴里，听到了北国秋雁嘹亮的长唳。我们好久好久好久没听到这种声音了，自从离乡背井，它即成为人间的绝响。现在，一刹那间，我又看见勾画了的雁阵在万里晴空中冉冉移动，对准我家的百年老屋引颈长鸣，像用长鞭抽打那些干燥透顶的黑瓦。不知有几次，我躺在秋收过后裸露的大地上，清清楚楚觉得自己一颗血淋淋的心吊在游丝上，系在雁足上，在几声长鸣之中，一同投入群山背后晚霞汇聚而成的洪炉。他，一个人类，怎能发出同样的声音？难道他的腔子里装着雁的灵魂，他本是一只失群的孤雁来变形谋食？刹那间，我们觉得仍坐在老家的梧桐树下，在高爽寒冷的空气里，雁已飞过，回响未绝。我看褚，褚看我，我们的眼眶里都浮着泪光。

几声雁鸣，其余的节目再也不能引起我们的兴趣，坐在那里不过是挥发因雁鸣而引起的乡思罢了。褚环没有发现我们的秘密，只沉醉在热门音乐的旋律之中。散场，我们走到新近拓宽的一段马路上，发现路旁的一排树枝梢枯萎，落叶满地，跟对面的青绿相比，形同将死。褚先生在树下徘徊，轻轻抚摸粗大结实的树干。褚环问道："这些树怎么这样难看呢？"褚先生对她说："这些树本来很好看，修路的人把它从别的地方移到这里来。经过一次移动，它要死一次。"褚先生抬起头来，怅望光秃秃的树梢，然后，我听见他轻轻叹了一口气："回去吧。"

第二天早晨，褚环来敲我的房门。"我父亲整夜没有睡觉，现在正在发烧。"我匆匆擦一把脸，随她去看褚先生。他正坐在摇椅上，欣赏墙上挂着的一幅画，开亮了所有的电灯。

"褚先生，夜晚睡得好不好？"

"我没有睡，画了一幅画。"他指一指墙。

"您该睡一会儿。要不要先喝点什么？豆浆？"

"不要，不要，"他摆一摆手，"不要睡，不要豆浆。你来看，我画得怎么样？自从退休以后，这是我第一次摸起画笔。似乎是生疏得多了。"

我站在他的背后，望着那幅很大的水彩，一面听他的讲解。首先，他指着一条小溪和溪岸上的一道围墙。这是他们的城墙和护城河。凭着简陋的自然的工事，他的祖先抵抗各种土匪。围墙内有一片广场，它是农忙期的谷场，作战时的兵场，一代又一代儿童的游戏场。然后，画面的中心部分是一层四合房，他在这里出生，在这里结婚，在天井中种过一株梧桐，在门口养过一只大黄狗，他仍然把梧桐画在院心，把黄狗画在门口。"每次我回家，总是这只狗摇着尾巴先出来接我。"四合房之右是一条通往城门的路，四合房之左是一排大树，有槐有柳。他仰头靠在椅背上，闭上眼睛："当我画这条路的时候，我能听见家乡特有的那种独轮车吱吱碾过，当我画这行树的时候，我又听见那一阵热烘烘噪耳的蝉鸣。"

我说："画得太好了。"他用纠正的语气："不是画得好，是老家本来就好。"他望着女儿："褚环，昨夜我有一个想法。你一定要嫁一个同乡，这个人必须对你对我发誓，将来一定带你回老家。"褚环把头一低，抓起书包，上学去了。我扶褚先生上床，然后辞出，想不到褚环站在门外，好像是等我。

"华大哥，我有话告诉你。"她的表情很紧张。我等着听。"你千万不能告诉我父亲。"我表示能够守密。"我是不会回老家的，我将来要去美国。"我立时明白了她的意思。遂说："褚环，我完全明白你的意思。我赞成。""谢谢你。"她露出笑容。

这女孩一离开她的父亲，就显出个性和精明来。褚环已是大姑娘，随时可能有人提亲。褚先生竟真的公布了他特殊的择婿条件。不久，整条巷子都知道这件事，邻居们都说，这等于指明要把女儿嫁给我。这些人哪里知道，我既没有去美国的打算，将来也不一定还乡，在褚家眼中一无足取。我和褚家的交往，反而从此疏了。

万万没想到褚环会主动来找我。这天是周末。"华大哥，明天有空没有？"

"有。"

"帮我一个忙，好不好？"

"可以。"

这精明的姑娘大方而坦然："明天，我想跟几个同学去玩，可是父亲不答应。你知道他的脾气，如果你出面带我出去，他不会阻拦。华大哥，你去告诉我父亲好不好？"

"我去告诉他。明天带你去吃饭，逛街，看电影？"

"是呀。"

"事实上，等我把你送上公共汽车，你去跟谁在一起呢？"

"你如果要帮忙，何必问这么多呢？"

"有些事不能不问。我怎样再带你回来？"

"我们可以约一个会合的地方。"

我摸了摸下巴，说："好吧。我愿意成人之美。"

褚环是个鬼精灵，她在一家咖啡馆里寄放了一只小箱子，我跟她约会的第一步是到那家咖啡馆。她是这里的常客，会计和侍童都跟她很熟。坐定，不待吩咐，侍童即把那只箱子送过来。褚环熟练地取出化妆品，取出高跟鞋，取出长长的假发，把自己打扮得很入时。她的裙子，下摆有两层荷叶边，原来荷叶边是可以拆下来装上去的；她的上装的大反领，原来也可以任意取下。她像魔术师一样，很快地使自己变成另一个人，一个妖娆动人的小妖精。然后，她坐在我身边，讨好地说："我今天给你介绍一个女朋友。"

"褚环，我想看看你的男朋友。"

她噘起嘴唇发出嘘声："千万别跟我父亲提半个字。"

她到门口去张望，不久，扭进一个跟她年纪相仿的女孩。

"这是玛丽，我的同学。这是我的华大哥。"褚环如此介绍。叫玛丽的女孩向我挤眼，挤得我好难过。

"华大哥，好好照应玛丽啊，我要走了。晚上十点钟在这里再见！"褚环临走之前，像大人似的向我叮嘱。

玛丽送她出门，再回来，问我："我可以抽烟？"

"当然。"

她吩咐侍童送来一包"三五"，在我身旁喷吐起来。一支连一支，抽到第四支，她连连打呵欠，"我好困。"

"夜里没有好好睡？"

"咦！"她拉长了声音，望着我。

"我什么也不知道。"

"你明知故问。"她的声调里略带歉意，"我打个瞌睡，好不好？"

"你随便。"

她飞快地向我颊上啄了一下，算是道谢。蜷缩到沙发的一角去，闭上眼睛，不久就呼呼入梦了。我在桌上留下一张字条："我去看电影，散了场再回来。"

三个小时以后，我回到咖啡座，她仍然未醒，只是换了个姿势。我拿起桌上的香烟，抽出一支，放在嘴里，打发无聊的时间。一支烟抽完，她悠悠醒来。

"我睡了多少时间？"她慌张地抓起我的手腕看表，"怪不得肚子饿了。"

"你喜欢吃什么？"

"西餐。"

吃饭的时候，她提出一个问题："你喜欢什么样的女孩？"

"很难说。"

"你一定喜欢露丝刘，文静一点的女孩对你比较适合。"

"谁是露丝刘？"

"也是我们的同学。告诉你，别看她文静，她的另一面也野得很呢！我就看不惯她装模作样。"

"你喜欢什么样的男人？"我反问。

"像你这样的男人。"她扑哧一笑。

"我是什么样的男人？"

"这个问题，你问过褚环没有？"

"没有。"

"你好像很喜欢她？"

我没有回答。饭后，玛丽抽烟的时候又打起呵欠来。她说："这个地方很闷。"离褚环回来还有两个多小时，我提议出去走走，她说："我们去打保龄球。"

她打球的兴致很高。裙子太短了，直立时没有多大问题，弯下腰来用力向前送球时，从后面给人的感觉是裙子忽然不见了。一群男人站在她背后看她打球，眼睛盯在裙边上。她无所谓，发窘的人倒是我。我丢下球，坐在一角喝冷饮。她在球道的这一端出了一阵风头，累了，才四处张望，找我。

"我还以为你走掉了呢。"她微有嗔意。

"我得把你亲自还给褚环。"

"我也得把你当面还给褚环。"她的嘴巴不愿意输给谁。

我们回到咖啡馆，跟褚环会合。玛丽果然说了一句："褚环，你的华大哥在这里，交给你了。"褚环骂了一声"死丫头！"对她说："他在等你呢！""他"字吐音很重。

"那么，再见了！"玛丽眉飞色舞，夺门而出。

褚环坐下卸装，摘去假发，换上平底鞋，洗掉脸上的化妆品，上装的大反领和裙子下摆的荷叶边一一恢复，又是一个很朴素很守家规的女孩子。回家的路上，褚环说："我终有一天会被父亲打死。他是反对我自己交男朋友的。"是我把褚环约出来的，我有某种责任，所以，我要问："你的男朋友究竟是个什么样的人？"

"华大哥,你答应暂时不问的。"

"你既然找我帮忙,我不能不问。"她默然。

"他……他是我到美国去的一个机会。"我也默然了。

一个星期过去,褚环又来了。已经答应了一次,无法不答应第二次。何况褚环的小嘴很巧:"华大哥,我再给你介绍一个女朋友。"

"你大概是要我帮忙吧?"

"可是,介绍女朋友也是真的。"

"又是玛丽?"

"不,是露丝。这一个比玛丽好。"

我只好又向褚先生提出要求。仍然是那家咖啡馆,仍然是褚环易装,等露丝来。露丝戴着眼镜,神情像个女秘书。她坐在我对面,安静地望着我,不吸烟,也不打呵欠。

"你们这样冷清,房子里快要结冰了。"褚环说。

"上次,玛丽那个坏东西来到这里呼呼大睡,她欺负华大哥是个君子。华大哥,如果露丝睡觉,你尽管抓她的胳肢窝。露丝,你坐到这边来!"她把露丝赶到我的身边,一再催促:"靠近一点!"她抓起我的手,放在露丝肩上,又纠正我们的视线方向,使露丝抬头望着我,使我低头望着露丝,好像是摄影师教我们摆姿势照相。我看见露丝的嘴唇发黑,眼神流露着恐惧,我也感觉到露丝偎在我怀里打了几个寒战。

"你不舒服？"我问。

她一把抓住褚环，示意褚环"附耳过来"。在窃窃私语中，褚环羞了羞露丝的脸，接着睁大了眼睛，对我说："你赶快送露丝进医院，我去找杰克。"

我小心翼翼扶她出门，扶她上车。我问她哪里不舒服，她皱着眉不答。走进医院，扶她在挂号处的长椅上坐下，我去挂号。"挂哪一科？"我问。"妇产科。"她低声回答。妇产科！我的天！我挂了急诊。医生是个粗手粗脚的北方大汉，我不知道他为什么不去做外科医生。把一个孕妇托给他，叫人真不放心。我在诊察室外，跟室内的露丝隔一层毛玻璃，随时准备听见她叫起来。还好，没有。医生由诊察室出来，吩咐："病人需要住院。"我走进诊察室，眼看盖在白被单下的露丝，觉得处境尴尬，内心寒冷。

我喊了一声："露丝。"

露丝睁开眼望我："华大哥，我要保住孩子。"

"孩子的父亲是谁？应该马上通知他。"

露丝仍然重复那句话："华大哥，我要保住孩子。"

在病房里，经过注射和休息，露丝恢复了大部分精神。这时，她说："华大哥，今天对不起你。"

"露丝，现在是我为你担心的时候。我有很多问题要问你。例如，你什么时候结婚？"

"我们还没有谈到。"

"你们还没有婚约,你就先要一个孩子?"

"我太爱他。我要这样做。没有理由,有理由也说不明白。你是懂得爱情的人是不是?"

"露丝,你得答复我一个问题。你为什么要答应褚环跟我见面?"

"这是因为我们要帮约翰的忙。约翰跟褚环是一对。我跟杰克,玛丽跟史密斯也是一对。褚环的父亲太保守,她不能出来痛痛快快地玩。后来约翰跟我商量,由你把褚环带出来,我们再轮流跟你做伴。在美国人看来,这样做很公平也很合理。"

"谁是美国人?"

"约翰、杰克、史密斯都是美国人。"

我立刻发现:我滥用了褚先生对我的信任。看起来,褚环利用我做掩护,参加了一个相当放荡、相当缺乏责任心的游乐集团。可怜的褚环,她还说这是她到美国去的一个机会!她想美国想疯了。幸亏怀孕住院的不是她。可是,谁又知道她此刻并未怀孕?谁知道下一个到妇产科来急诊的是不是她?我得跟褚环好好谈谈。

"露丝,这时候到什么地方可以找到褚环?"露丝摇头。

我想走。"露丝,要不要我通知你家里的人?"露丝说:"我没有家。"说完,转过身去擦泪。我拍拍她的肩,走出,到那家咖啡馆去坐等候褚环回来。我很懊丧,为褚环担心也为褚先生难过,叫了一瓶啤酒,一口气饮尽。迷迷糊糊中我做了一个梦,梦见我和褚环在大教堂里结婚,穹顶高远,乐声悠扬,褚环穿着雪白的礼服,怀里抱着一个黑得发亮的男孩,男孩的头发像烧焦了一样鬈着,嘴唇厚大向外翻转,在白色礼服的衬托下黑得耀眼。我说:"褚环,用你的面纱把孩子盖起来。"她不理。我们三个缓缓向神父靠近,两边站满了观礼的人,左边全是美国人,右边全是中国人,我和褚环在两者之间的鸿沟中缓缓向前。大家的眼睛,连我的眼睛,都盯住褚环怀里的婴儿。我说:"褚环,用你的面纱把孩子包起来。"她还是不理。她昂然望着神父。我也望着神父,希望他尽量缩短这个仪式,可是我望见站在证婚人席上的不是神父,是褚先生,一身猎装,牵着他的大黄狗,怒目而视,不言不动。黄狗向我们一咧嘴,两边的观众同时一拥而上,外国人都来拉褚环,中国人都来拉住我,把"小黑炭"吓得放声大哭……

睁开眼,正在我对面卸妆的褚环朝我发呆,她说:"你好像做了个噩梦。"

我定了定神。"我们都在噩梦之中。褚环,露丝把你们的秘密告诉了我,我要劝劝你。"

"要是我不听呢?"

"我告诉褚先生。"

"哼！那样，爸爸会打死我，你是杀人的真凶。"她满不在乎，好像看准了我不会那样做。我果然气短。

"下个星期，轮到我陪你了。"她送过来妩媚。

"没有下个星期了。我不能再帮你这种忙。"我断然说。

"华大哥，我对你有个批评，你听了不要生气。你跟我父亲是一样的人物。"

"你已经收拾好了，我们走吧！"我无心跟她辩论。

在以后的几个月中，我跟褚环没有谈过话。不过，我跟褚先生的交往还保持正常，偶尔下一盘棋，听一场家乡戏，或者出去吃一餐家乡菜。褚先生是一个生活在回忆里的人物，当他完全沉浸在过去里，就是他最快乐的时刻。那时，他静坐、沉思，完全是一座故乡父老的雕像，一如我童年时在禾场边桑树下所见。于是我也仿佛又听见那金属裂开一般的雁声。

当我们为乡愁所醉的时候，醒着的人在酿造新的事件。终于有一天，深夜，我挑灯未眠，听见由深巷中传来的殴打叱骂和哭叫之声。这些打破黑夜岑寂的声音使全巷的窗户都被灯光次第照亮了，这一团杂乱的声音追逐着，纠缠着，一直冲进我的书房。先滚进来的是褚环，头发散乱，裙子已破，腿部流血。后面紧跟着的是一根木棍，和气喘吁吁挥棍而入的褚先生。我拦住褚先生，劝他当心自己的身体。他说："你走开，我打死她！"一面挥动棍子，我肩上糊里糊涂地挨了一棍。

　　我一面揉搓肩膀,一面强迫他坐下,把棍子从他手中抽掉。然后,我四壁张望,看褚环躲到哪里去了,从浴室里把她拖出来,为她在肿的地方涂上碘酒,在破皮的地方扎好绷带。褚先生的情绪渐渐平静下来,低下了头。"走吧!"他对女儿说这句话的时候,还是恶狠狠的。说完,他用木棍当拐杖,先走出去。褚环站在门口,望着父亲一步一步走远,回身恶狠狠地朝我说:"我恨你!"我手足无措。"如果你肯带我出去,我就不会挨这顿打了!不过,我不后悔,挨这顿打也值得。约翰、杰克、史密斯他们明天要调到越南去,我们今天晚上为他们饯行,即使被打死我也要参加。可是,我还是恨你!"说完,掉头走了,受伤的腿很瘸。我在门口木然站立,良久,望着四邻的窗户又一个一个变暗。

　　挨了褚先生的一顿打,褚环有两个星期不能上学。两周后,褚环的外伤痊愈,却接着害了一场大病。早晨,上班之前,我闻见微风送来煎中药的气味。褚先生是相信中医的人,我顺便到他家门口看看。他正在用纸板扇一个小小的泥炉,炉上的药罐吱吱作声,古老的陈香随着蒸气散开。

　　"谁病了?"我问。

　　"丫头。"他没精打采。

　　"褚环学护士,她一定相信西医。"

"可是我相信中医。"

下午,下班回家,远远望见巷口就闻到药香。褚先生在门口垂着眼皮煎药。

"好一些了没有?"

"你进去看看她。"

我进门,在卧室门口叫了声褚环,没回应。夜晚,褚家的灯火彻夜未息,褚先生佝偻的身影在窗上晃来晃去。什么时候看见窗子,什么时候有他的影子晃动,好像他永远是在那里惶惶不宁的。每天,我在药香中,在小泥炉旁,在药罐吱吱作响时,与褚先生见面。他告诉我许多话:中药的知识,医生的意见,病人的饮食和热度,前来问病的同学。

这样又过了两个礼拜。褚先生的眼球凹陷,白发枯萎,时常咳嗽气喘。我把他请到我的寓所,诚恳地说:"把病人交给医院吧,别把自己累病了。"

"医院,我怎么能放心?"

"褚环吃中药,究竟见效了没有?"

"有时好,有时坏,发烧一直不退。华弟,你可知道,褚环有什么心事?"

"啊?我不知道。"

"最近几天,每逢深更半夜,她常常喊:'不要想了!'我起来问她想什么,无论怎么问,她都摇头不答。没娘的孩子真可怜!如果她娘还在,她一定肯说实话。"我作声不得。老先生流下泪来。"不要想了!不要想了!我一听见她这样绝望地喊叫,内心像刀割。看样子,她心里有很大的痛苦,我们要知道她为什么痛苦,才可以把病治好。华弟,你去跟褚环谈谈,好不好?你跟她也许可以谈出一点东西来。"

我答应了。褚环望见我,立刻把脸埋进枕头里。我在床边坐下,说:"褚环,你可好些了?"

"……"

"褚环,都是我不好。我现在一心一意盼望你恢复健康。我每星期天都带你出去玩。好不好?"

她转脸向我,冷冷地说,"不必了。"

"为什么呢?"

"约翰已经到了越南。"

"他会回来度假的。"

"那也没有用,他已经不要我了。"

我一惊:"谁说的?"

"他到越南以后没有给我写过一个字。后来,杰克写信告诉露丝,约翰到处留情,在越南有了新的女人。"她咬着枕头。"我想死!我想死!"嚼破了枕头,枕头里面的鸭绒沾在她的嘴上触及她的喉啰。她拼命咳嗽，一面呻吟，一面咳嗽声像连珠炮接连不断，咳嗽得苍白发抖，终于一时气噎，昏了过去。

这样，褚先生才同意召来西医。这样，褚环才住进医院。

"褚环跟你说她的心事了没有？"褚先生问。

"没有。"我说谎。

"只要这孩子的病能治好，我以后再也不干涉她了。"褚先生对我许愿，十分虔诚，好像我是上帝。

许多同学都到医院里看她，露丝挺着大肚子，几乎天天到。"我这个样子，可不敢到你家里去，去了，准挨你父亲骂。"露丝说。

"快生了吧？"褚环望着蜘蛛一般的露丝。

"你还没出院，我怎能生？"

时常有人来说说笑笑，褚环的心情慢慢舒展，病一天比一天好起来。当褚环有了出院的日子时，恰巧，露丝也有了入院的日期。露丝对褚环说："事到临头，我有一点怕。"

"我留在医院里陪你。"褚环说，"咱们一块出院。"

"褚环，你真好。"露丝很感激。

"杰克知道产期吗？"

"知道。他每月有信来。"

"这样还有什么可怕的，你放心做妈妈好了。"

"我一直避免跟你提到杰克。省得你由杰克联想到什么。"

"我的病已经过去了。"褚环说了句双关语。

"杰克在信上问起你。"露丝望了我一眼,在褚环身边说了句什么。褚环说:"没有关系,那是我大哥。"

"杰克说,他有一个同学,新近调到这里来服务,如果你不反对……"

褚环打断了露丝的话:"我再也不跟外国人做朋友。"

露丝生产的日子,我正好碰上。我看见褚环、玛丽都在待产室门外等消息。玛丽还向我挤眼,大概她想起在咖啡馆初次见面的事。产妇已经推进去一个小时,有一个护士出来告诉褚环,生产不顺利。时间一分一秒往前挨,我们远远望着产房紧闭的大门,愈来愈觉得焦急。正在紧张的时候,护士从外面带进来一个有雀斑的美国青年,他跟我热烈握手,自动介绍自己,他叫马丁,是杰克的同学,新近调到这里来服务。我记得露丝对褚环提起过他,不觉多看了他一眼。他的脸很瘦削,鼻子和下巴显得坚韧而长。他问露丝在哪里,我指指产房,告诉他可能难产。"我有坏消息报告,一个很坏很坏的消息,昨天下午,杰克在越南阵亡了!"

"什么?"褚环和玛丽围上来,褚环先流下眼泪。

马丁说,杰克是在一架直升机被越军击落的时候坠地而死。临终前只有一句话:"告诉露丝!"

"不能告诉她!"褚环和玛丽同时流着眼泪叫出来。

"为什么?"马丁的目光落在我的脸上,"她有权利知道。"

"我们有义务瞒她。"我说。

"中国的事,我不大明白。由你们决定吧。"他让步。这时,隔着产房的大门,隔着长长的走廊,我们听到露丝在里面痛极大喊的声音,那声音很高、很悲壮、很长。我们都变了脸色,简直以为是露丝知道了杰克的噩耗而发生的悲痛。一喊之后,有护士出来报讯:"生出来了,母子平安,是个千金!"我实在分不清心里的滋味是喜是悲。

失血的露丝,躺在活动的病床上,由护士从产房里推出来,经过我们面前送入病房。我们紧紧跟着。我们也看见了接生的医师,那个粗手粗脚的大汉。他的样子像个屠夫,我简直难以相信他刚才在里面是迎接新的生命。

在病房里,露丝睁开眼睛,说了一句"告诉杰克",泪珠沿鬓而下。褚环和玛丽听见这句话,看见露丝的泪,伏在床上抱住露丝,哭了。三个女人都哭了。我和马丁两个男人只好退出来。

以后一段日子里,我不断从褚环那里听到露丝的消息。我知道,孩子的眼睛和鼻子完全像父亲,我知道,马丁经常捏造一些杰克尚在人间的消息告诉露丝,我知道露丝曾经在褚环和马丁之间拉拢,褚环完全没有兴趣,我知道,露丝的健康恢复得很快……

我又经常被褚家邀请,恢复了比较亲密的往返。褚先生有了风湿病，每当我回请时，褚先生总是不愿出门，由女儿一人参加。褚环经常问起："在我们老家，这件事是怎样的呢？""在我们老家，那件事是怎样的呢？"我尽所知回答。风湿病是一种很难治的病，它把褚先生缠得很疲惫。当他病得较重时，褚环用电动的按摩器为他按摩，我坐在旁边跟他谈家乡的传闻逸事风土人情，他就忘记了刺心的痛苦，脸上露出喜乐和满足。

褚先生甚至做了如此美丽的一个梦，他说："我梦见在一条很长很长的路上走过了一座桥又一座桥（过了一座桥又一座桥）。后来，我看见前面桥上有一只黄狗摇着尾巴迎我，舔我的手。我想，怎么？这不是我家的老黄狗吗？可不是，我知道我回家了。"他滔滔讲述故乡的名犬和义犬的故事。

这样安静的生活毕竟不能维持长久。褚环带来新的消息："露丝成功了！"成功了什么？"再过几天，她就在新泽西州了。"原来，在那些美国大孩子调往越南前夕的饯别宴上，杰克跟露丝举行了简单的结婚仪式。杰克的父母是新泽西州的富翁，他们听说爱子在海外遗下孤儿孀妇，委托使馆代为调查。他们要抱孙女，如果媳妇肯同行，他们也非常欢迎。在这个突如其来的事自天而降之前，马丁和褚环已在考虑让露丝知道杰克阵亡，但是他们两人一直互相推诿，"你去告诉她吧。""还是你去告诉她比较好。"一天天拖延下来。现在机会来了，她打算把好消息和坏消息一鼓作气都告诉她。

"我该怎样措辞呢？"她问我。"你是学护士的，知道在开刀之前先要用麻醉剂。先告诉露丝可以去美国……紧接着告诉她杰克的事……再充分解释为什么瞒骗这么久。我想，这样失去丈夫的痛苦和去美国的高兴可以互相抵消一部分。"

我从褚环口中知道，露丝听了褚环的报道，痛哭一阵就镇静下来，她说："我要留着眼泪到新泽西州去慢慢地流。"褚环非常热心地发起为露丝送行，可是没有邀我参加。倒是露丝在动身那天打电话向我辞行，我赶到机场送她，褚环、马丁、玛丽都在场。露丝抱着孩子，穿一身美国妇女常穿的旅行装，吻了我们每个人的面颊。她俨然已是个美国人了。

"美国见！"露丝在出境的门前说。这是她留下来的最后一句话。行人远去，送别者四散。褚环向我挥挥手，把手臂插进马丁的臂弯里，向另一个方向走去。我纳罕：这个大姑娘什么时候开始喜欢那个美国大孩子的？

第三辑

爱情意识流

一

"哪个少男不钟情？哪个少女不怀春？"歌德名句传万口，哪个看了不动心！

记得当时年纪小，哪个不知道德国有个大文豪叫歌德，哪个不知道歌德写过一部《少年维特之烦恼》，那时歌德的名言风靡中国大地，那时中国大地正如雨后春笋般冒出自由思想，自由思想带来自由恋爱，恋爱在那时还不自由，恋爱的人可能考虑私奔，可能考虑自杀，可能考虑妥协放弃，一生吞声饮泣。

这一群孤独悲苦的人忽然看见了歌德的名句，歌德替他们伸张恋爱的权利，歌德来洗刷他们的罪恶感。亲爱的训导主任，你比歌德总要矮一截吧，你能记歌德一个大过吗？钟情怀春，理所当然。有这样一个头牌人物为他们发言，够他们心跳的啦！

20世纪30年代的心跳连接40年代的心跳，40年代的心跳连接50年代的心跳，不知从哪一年起，中国少年看见这两句话不再心跳啦，只有他们的父母、他们的训导主任在一旁心跳，又不知从哪一年起，父母和训导主任的心也不跳了，耳目所及，处处看见恋爱，听见恋爱，想起恋爱，恋爱铺天盖地，人人司空见惯。今天的人，要有多大的想象力,才想见当年的防闲无微不至,当年的人,要有多大的想象力,才想见今日"爱"字如万弩齐发。这些箭,对中国少年来说,是丘比特的箭,这些箭,对某一时期的家庭领袖、道德权威,就是后羿的箭了。

这个爱不是爱新觉罗的那个爱,也不是甘棠遗爱的那个爱,也不是山爱夕阳迟的那个爱,少男少女看多了这个"爱"字,看着看着忽然有不同的感觉,如酒初醉,如梦初醒,如披新纱,如戴上一个精巧的指环,这种感觉是看"爱屋及乌"、看"人间爱晚晴"的时候没有的,那根本不是同一个"爱"字。

且说邻家有女,名叫爱玉。爱玉读书识字,先记姓名,这个"爱"字杈杈丫丫好难写,一天写十遍、一年写三千六百遍,也写不端正。可是忽然有一天眼开手灵芳心动,写着写着笔姿生娇,写着写着墨色有光,怎么只有这个字写得好,别的字反而不行。"爱"("愛")字中间一颗心,这颗心有色彩,有温度,字阵密密麻麻,这心能飞出来,这心好像就是她自己的心。

就在这时,她去参加夏令营,入营报到的那天天气真好,看太阳把人面都晒红了,看蓝天把男孩子的眼睛衬亮了。她低头签名,写到"爱"字,忽然震颤,抬头一看,桌旁四周男孩子的脸迷迷乱乱。依你看,如果她的名字不叫爱玉呢?如果她叫贞叫静叫冰叫雪呢?单是名字不叫爱玉还不行,她得看不见任何一个"爱"字。单是看不见"爱"字还不行,她得看不见任何异性。单是眼前没有异性还不行,得没有蝶恋花、没有鸟求偶,没有山、没有水,没有高塔、没有竹笋。无奈老天爷安排了这一切。

二

都说有个造物者,造了天地以后又造了一个男人,这人早晨起来跑步,风像水一样裹着他,他觉得风里有他的另一半,这人晚上到海里游泳,水像风一样迎着他,他觉得水里有他的另一半。他每天向上天恳求把那另一半还给他,老天爷这才再创造女人。自然而然,金童和玉女恋爱了,人在恋爱中容易犯错,恋爱的人也不肯认错,他们争取犯错的权利。上天愕然,怎么会是这个样子,我并没有教他们这个样子啊。

是的,没人教维特和夏绿蒂恋爱,没人教罗密欧和朱丽叶恋爱,没人教梁山伯和祝英台恋爱。恋爱是一门无须以戒尺督促、无须以文凭引诱的课程,恋爱如果是犯罪,有主犯,有从犯,不需要教唆犯。问世间情是何物?"哪个少男不钟情?哪个少女不怀春?"那钟情怀春的人都曾问过什么是爱情,哪个老年不回忆?哪个中年不沉吟?那沉吟回忆的人再问一次什么是爱情。爱情就是这么两个问号,前一问是底片感光,后一问是照片洗印。前一问是起草,后一问是润色。前一问是赶考,后一问是阅卷。

什么是爱情?爱情的定义很多。有一年书店里摆出一套书签式的小卡片,每一张卡片上印着爱情的一个定义,每一条定义下面附一幅图画,它说爱情是一种温度,它说爱情是不饮而醉,它说爱情是两个人共用一把雨伞。卡片的销路不错,少男少女,寻寻觅觅,找得郑重,找得虔诚,挑来选去,全凭悟性。

有个男孩来把全套卡片买齐了,那气概就像是大资本家一个电话收购了所有的股票,他把整套卡片寄给一个女孩,这套卡片有一百张呢,百种滋味,百般试验,难道他百分之百都尝都懂?难道他希望她都懂都尝?她呢,一百种定义全不入眼,她把一百张卡片全退回来,另外加上她自写自画的一张。爱情的定义何止百种!她说爱情是把废话说得很好听。难道这女孩与百般试验一概无缘?难道她对百种滋味一概无动于衷?

我问书店的店员,哪一张卡片销路好,店员说这一张,这一张上头写着爱情是两人共用一把雨伞。哪一张销得最少呢?店员说这一张,这一张印着爱情是一条血管连在两个人身上。难怪这一张没人买,两人中间拖着一条红彤彤、黏答答的管子,光看文字也难过,谁愿花钱买难过呢!

卡片是商品,书也是商品,想把商品卖出去吗?第一得让人家顺眼,第二得让人家顺手,顺手的意思是使用方便,两人合用一把雨伞，易知易行，即知即行，像雨伞一样轻而易举，而爱情就在伞下。那天当场就有书友不客气，这算什么爱情？哄哄小娃娃而已。过来人都知道，管它什么是爱情，你只管去爱就是！恋爱是行动，不是理论；恋爱是权利，不是学问；爱情由丘比特一箭射出，而非由行政研究院10年寒窗造出。如果著书立说，以此为旨，必定人心大快，纸贵一时。把天下一切事都说得不须皱眉即可办到，这是现代写畅销书的秘诀，我无意冒犯任何人，我是各说各话，自言自语。

三

且听我自言自语。我们到世界上来做人，也没查过人的定义，我们还不是先做了人再说？我们没有事先查问什么是人，但是我们一面做人一面把人的意义界定了，我们能够在批评一个人的时候骂他不是人，我们心里有人的标准。我们对爱情也有标准没有？

某大汉与意中人相恋4年，对方忽然移情别有所钟，这汉子怒冲冲抄起一把快刀出门，他走到街心与一位老同事相遇。老同事见他神色有异，追问缘故。那汉子说，他曾为那女子而三迁，他曾为那女子而转业，他为那女子与一老友绝交，他为那女子而痛打警察几乎判了徒刑，他是如此爱她，而今她竟避不见面，她是一个不懂爱情的人，人若不懂爱情怎能还算是人，不如将之一刀杀死。老同事大吃一惊，连说不可，大丈夫何患无妻，左右不过是一个女人而已，咱们留得青山在。那汉子哪里肯听，可是那老同事拦住去路，坚持不让，那汉子后退一步，伸手向前一指：看来你这人也是个不懂爱情的混蛋，像你这等人都是死有余辜，话犹未完，提刀便砍，马上血流五步，交通大乱，然后是警车出动追捕，第二天社会新闻满版。这汉子满口爱情爱情，可是这热血沸腾的人懂得什么是爱情吗？看报的人说，这汉子才是个不懂爱情的人。说这话的人心中必定有个谱子，爱情爱情，世上多少罪恶假汝之名以行！

　　有一男子自命是情种，他在地下室特制了一个大木箱，把他喜欢的一个女孩子掳来锁在木箱里。事发后他对新闻记者侃侃而谈，他说这一切都是为了爱她。一个男子把一个女子强暴了，临别致辞我是爱你才这样做的啊！我永远爱你，下次还要再来的啊！你看爱情这个名词也和民主自由一样任人向相反的方向使用，这就难怪有人千思万想要找爱情的定义了。

　　下定义的人都痴心，他们想用定义来规范人的行为，定义有时候可以指引强者保护弱者。我有个朋友，发愿搜集爱情的定义，不论书上报上厕上，不论格言醉言戏言妄言，不论华人洋人今人古人，他不因时废言，不因地废言，不因人废言，他有闻必录，一条条写在卡片上。我能不能看看你的卡片？他说你每次只能看一张，这不像是查资料,这像求签,签语易解,但是难分上下。一个医生说爱情就是输血,一个百货公司经理说爱情是·种高级包装,一个银行家说爱情就是共同账户,一个无神论者说爱就是神,一个飞行员说爱情是两个人共同用一个降落伞从高空跳下来,降落伞是为一个人的体重设计制造的,所以这两个人必须成为一个人。有些定义只是一个比喻而已,例如爱情是平地晕船,例如爱情是下坠入网而自以为是在飞,例如爱情是一盏电灯突然被打开,旁边一个电灯泡也自动亮了。这些比喻、这些话都是作诗。

四

下定义的人技穷了,就作诗,定义要精确,诗要模棱。有些定义只是警句隽语,警句隽语好比锋利的小刀,它能从苹果上切下一片来,使人尝一脔而知味,可是整个苹果安在?爱情是一种困扰,爱情从知到行都不能干干脆脆,由定义看人心,人心唯危,爱情唯微。当同一名词有多个定义时,你得把全部已有的定义罗列眼底,胸中求一全豹,可是谁能把爱情的定义搜集齐全呢?我们都曾经努力搜集爱情的定义,到底什么是爱情呢?哪个少男少女没这样问过自己,一问再问,百遍千遍,几天几月几年之后,忽然有个答案,无声的询问自有无声的回答,近爱情更怯,不敢问来人,父母师长亲戚邻居你一律不敢开口，当年少男少女因此又急又闷病倒在床，病到春夏秋冬，病得奄奄一息，直到临死还是咬紧牙关。

到现代社会发生一个新鲜的现象，最无可奈何、最难以启齿的问题要避开那些最亲最近的人，专找萍水相逢素不相识的人，专找一度接谈永不再见的人，向这些似乎极不可靠的人推心置腹，算命的、看相的，以及主持热线电话的人都属于这一类。有些姐字辈、姨字辈的人用传播媒体开个信箱，谁有难言之隐谁写信来，你是无名氏，我也是无名氏，两个假人说真话，投书问路的人多半是小弟弟小妹妹，信写得闪闪烁烁藏头露尾，他昨天晚上吻了我，这是不是爱情？他常常说他爱我，他是真心还是假意？为什么每天都想和她见面？为什么见不着她就非常难过？为什么见了面又说不出话来？这是爱情吗？

唉，这些问题教人怎样回答，你们也许有爱情，也许没爱情，也许现在没有，以后会有，也许现在有，以后没有。通常做情感顾问的人给你一个保守的答案，通常信箱主持人会说那并不是爱情，保守的答案通常也是安全的答案。如果他竟然回答说那是爱情，如果他对那彷徨的羔羊加以肯定、加以鼓励，你想他对事情以后的发展得负多大责任。

通常第三者的意见都是很安全的意见，我如果就业就不能念书，如果念书就不能就业，我该怎么办？回答多半是，你晚上读夜校吧，白天不是可以照样工作嘛。回答问题的人大概不会替他选择，跑掉的鱼总是大的，如果你教他取熊掌，他日后想他的鱼，他想到了鱼会后悔，他后悔的时候会恨你。历史不是有明文吗，忠臣经常替皇帝出主意，忠臣是那样地热心，忠臣的建议又是那样恰当，可是最后皇帝把他杀了。所以信箱主持人总是给你一个责任最小的意见。

责任最小的意见究竟是不是可行的意见，那是另一个问题。我同时喜欢两个男孩怎么办？这是一个热番薯，你总不能劝她嫁给两个丈夫。到底哪个男孩真正爱你？烫手的番薯再抛回去。我怎样才知道他是不是真正爱我？热番薯又抛回来，问题再度陷入爱情定义的迷魂阵。

五

人生有各种迷魂阵，阵里阵外是两个世界，阵里的人伤心惨目，阵外的人赏心悦目。我有一个朋友，私事一概在沉默中独自处理，从不征询亲友的意见，他知道张三的隐衷是李四的笑料。

有一个女学生在不该怀孕的时候怀了孕，怎么办？她一向信任她的训导主任，她把这个天大的秘密告诉了他。你猜怎么着，学校立刻要她退学，训导主任的意思是必须当机立断，若是等到裙子遮不住肚皮就要影响校誉了。训导主任不该开除她,训导主任说她不该怀孕,校长说她根本不该恋爱,可是歌德说"哪个少女不怀春?",可是怀春是否一定要马上恋爱?恋爱是否一定要马上怀孕?怀春而暂不恋爱行不行?恋爱而不怀孕行不行?我想一定行。你看女校之中,白衣黑裙,万头攒动,你看有多少人怀春,但是并不恋爱,你看有多少人恋爱,但是并未怀孕。

当然,恋爱和怀孕住在一个城里,怀春和怀孕住在两个国里,校长的意见确乎比训导主任的意见更安全,可是也一定有更多的人反对。现在社会开放,言辞慷慨的人到处有,他们随兴之所至,支持未婚先孕,27岁的女子未婚先孕问题比较小,她大概能够承担后果,17岁的女孩未婚先孕她怎么办。西谚说,你在打一个结之前,必须知道如何把它解开,你不能打一个死结等亚历山大来劈开。

造物者啊!您到底是一个什么样的神呢?您是慈爱的神,还是专横的神呢?您是保佑我们,还是处处为难我们呢?您留下许多故事,每一个故事都好听,可是往往互相矛盾。开天辟地,人真是雌雄连体吗?您早就把一男一女配好了吗?人有一点小小的个性,人有一点点自己的主张,这一丁点儿个性不也是您造出来的吗?您为什么又赫然震怒呢?为什么决不宽容呢,难道真的是您把他们从中一刀劈开了吗?是您使他们失散,使他们痛苦吗?是您弄得他们受尽辛苦折磨去找另外那一半吗?

您知道吗，找另一半并不容易，有人始终没找到，有人自以为找到了，其实是找错了。您知道吗，即使找到了另一半，复合也千波万折，复合必得经过恋爱，恋爱使人失魂落魄，恋爱使人死去活来，这真的是您的旨意吗？这岂不是天地不仁，天下从此多事了吗？！

您看，世上到处有情杀，世上到处有殉情，世上增加了多少互相斗殴、多少卷款潜逃，天下从此多事矣。我把手边最近两个星期的报纸找出来统计了一下，情杀案六，为情互殴案十一，为情盗窃案二十，为情卷款潜逃案三，情变离婚案十四，天下从此多事矣！

有人说，这都是造物者的计谋，"哪个少男不钟情，那个少女不怀春"，你我他咱们都进了他老人家的圈套。以天下之大，众生之多，报纸当然挂一漏万，这两个星期有多少男女赴约失约，多少男女失职失眠，多少男女跳舞吃饭吵架道歉，我爱谈天你爱笑，睡不着以及睡着了，何可胜计！不可胜计，这是何必？这又是何苦？

六

天下事何止少男钟情、少女怀春，造物者一不做二不休来了个"万物莫不负阴而抱阳"。有一种鱼见了异性就浑身发亮，有一种兽见了异性就翻跟斗，有些雄鸟见了雌鸟就唱歌，或者就跟身旁的另一只雄鸟性命相扑。人为万物之灵,何以人而不如鸟乎!

天下多事矣,"英雄若是无儿女,青史河山俱寂寥"!楚霸主翻江倒海,他无非是在虞姬面前翻跟斗。英雄若是无儿女,战争可减少一半,古迹也减少一半,曹子建写《洛神赋》,无非要甄妃看见他通体发亮。才子若是无佳人,文学史减去一半,音乐史减去一半,戏剧史减一半,美术史减去一半,印刷厂、戏院、书店、画廊的数目也因之大减,读者观众也节省不少时间和眼泪。

人一旦陷入恋爱,忽然加倍聪明,十分能干。有些男孩是初恋才会摸麻雀、粘知了,有些男孩是初恋才会比别人先买到电影票。今之孔子曰:吾少也恋爱,故多能鄙事。一个单位里如果有几对男女同事正在恋爱,风水先生一定看得出来,他会望气,这单位弥漫着红彤彤、热腾腾以及某种紧张喜悦之气,这种气氛是由翻筋斗而来,由通体发光而来,由多能鄙事而来。

信不信由你,想一想也有道理,天神把成双成对的人劈开了,他要使人类自扰,人会因为寻找另一半而曲折坎坷自顾不暇。你看天神并没有全赢,这一劈,对人也是一种释放,释放了爱情、才智、诸般潜能,使人类提高了成就。人生代代无穷已,人神之间的赌局不散。恋爱何时开始?有人从生开始,有人从死开始。有人从诗开始,有人从琴开始。有人从红叶开始,有人从手帕开始。有人从咳嗽开始,据说还有人从跳蚤开始。最标准的答案是由爱神的那一箭开始。

　　我并不喜欢丘比特，丘比特以小捣蛋的态度游戏人间，人间性命交关的大事他只当作恶作剧，可是咱们中国人没有神可以代替他，咱们中国人多、神也多，咱们连厕所都有厕神，厕神是个穿黄衣服的女子，是啊，厕神如果是男子，妇女们怎么进得去。石崇派人站在他家的厕所里伺候客人，他只能派女孩子，女孩子可以伺候男客更衣，男孩子怎么伺候女客，现在没工夫去批评男女是多么不平等。厕神穿着黄色的衣服，当然喽，大便是黄的嘛。你看封神的人想得多周到，可是厕神有什么用呢，厕所何必有神呢，大小便畅通乃是药神的事啊。咱中国门有门神，床有床神，蚕有蚕神，怎么爱情没有个神灵。人言恋爱好比出痘，痘有痘神，出痘诚然重要，恋爱岂不更重要。《辞源》说痘就是天花，而今疫苗推广，天花业已绝迹，自由恋爱却是大势所趋，潮流所尚。恋爱人口年年膨胀，中国人只好信洋教，现在丘比特俨然也是中国的爱神了。

　　中国的少男少女冲破礼教，钟情怀春，忽然心中一动，继之一痛，继之一阵昏沉，他中箭了。你观察过西洋箭的箭头没有，西洋箭的箭头和中国箭不同，中国箭射进去，可以拔出来，西洋箭射进去不能拔，如果咬牙猛力一拔，你拔出一团肉来啦，你拔成一个坑啦，你的半边心脏随着箭头离开胸膛啦。电影可以作证，谁在战场上被敌人乱箭射中了，谁就让箭杆在身上插着，有人还插着箭杆走来走去呢。你看了这些镜头，也许不再耻笑厚黑教主所说的锯箭法，把箭杆从外面弄断，倒也有其必要。

情场上确有身插箭杆暗夜独行的人，情场上也有锯掉箭杆暗藏箭镞出入闹市的人，这人当然寝不安席食不甘味，这人当然觉得幽冥同路生死两难。幸而丘比特常常左右开弓，一箭射男，一箭射女，两箭之遥，相逢不难。男女一旦相逢，就再也不肯分开，即使一个60岁，一个16岁，他们也要相爱；即使一个是公主，一个是乞丐，他们也要相爱，即使一个是道士，一个是喇嘛，他们也要相爱。常言道巧妻常伴拙夫眠，丘比特搞的嘛！

七

想起来了，中国没有丘比特，中国有月下老人。月下老人不是爱情之神，他是婚姻之神。说来惭愧，这个婚姻之神本来也没有，他是唐人传奇小说里的一个人物。唐朝有个士子叫韦固，有一夜韦固在月下散步，他看见一个老头儿坐在月光里，这老头儿好像是个大忙人，忙得在月亮底下整理档案。韦固和这老头儿展开一场对话：你手边这一叠叠案卷上头写的是什么？这是天下人的婚姻档案，这里头写着谁是谁的丈夫，谁应该是谁的妻子。你身旁那个大口袋装的又是什么东西？你看口袋里装的是一种红线，每一根红线可以拴两个人，我把那男孩子拴在红线的那一头，再把那个女孩子拴在红线的这一头，这一男一女今生注定要做夫妻，即使他们两家有不共戴天的仇恨，终于也得结亲。

这时韦固还没有定亲，我未来的妻子是谁？她是一个什么样的人？你看旅店北边有个卖菜的陈妪，陈妪的女儿就是你的妻子，你看档案写得明明白白，红线也早已拴好了。这一夜，韦固怎么也睡不着，第二天，韦固悄悄地来到陈妪居住的地方，他看见那个女孩，她才两三岁，模样儿平常，陈妪家也太穷苦了，我韦固将来是要应试做官的，我有远大的前程，我的岳母怎么可以是个卖菜的女人！

这韦固心地不良，买了一个凶手，他想把那女孩弄死算了，可是女孩命不该绝，凶手杀不了她，经过一连串情节演变，她成为相州军事刺史的养女。14年后她可以嫁人了，那韦固也有了功名有了官职，应该娶亲了，能娶到相州军事刺史王泰的女儿，他是很高兴的。在那个时代，他们未婚之前自然不能见面，他们完婚之后，他才有权利仔细看她。你这张脸很漂亮，可是为什么额角有个小疤？这个吗，因为我在3岁的时候有人要弄死我。经过一番自叙身世，韦固才恍然大悟，韦固才发觉自己的妻子就是卖菜老妪家的那个女婴，他这才知道月下老人法力无边，月下老人的作业无法改变也无法逃避。

这不过是一篇小说而已，而且是一篇水平平常的小说，它的人物本来没有资格成为不朽的活口。无奈中国人太需要这么一个神灵了，这个面目模糊的老人立刻呈现金身，一传百，十传千，千年前百年后，天下男女顶礼膜拜，天下父母馨香祝祷。

唉，若说并非神造人而是人造神，这倒是个很好的例子。同样是造神，中国人造出来的月老和西洋人造出来的丘比特大不相同。神既然是人的作品，当然带着人的风格，月老寿比南山，自是洞明世事，练达人情，他治事的手法温和中庸，从不动刀放箭，月色朦胧，红线柔软，善体人意，蔼然可亲。

西湖有个月下老人祠，门口的对联出自大名士之手："愿天下有情人都成了眷属，是前生注定事莫错过姻缘"。这对联显然把月下老人当爱神看，大概他老人家一以贯之，既愿天下有情人都成眷属，也愿天下眷属都成有情人。月光既不甚明亮，老年人又不免眼晕瞳花，或者难免制造怨偶孽缘，不过他老人家并没说红线不能挣断，也没说断了不能再续。哪里像利箭穿心，人哪里还能自主，只好脚不点地，任凭后事一件一件发生。

红线固然易断，如果两个人有默契，线就断不了。我想起红线舞，红线两端拴着两位舞者，一个是男，一个是女，未舞之前，先在众目睽睽下做一试验，那根线一拉就断。音乐奏起来，舞者舞起来，观舞的人不免为那根线担心，倘若舞着舞着把红线拉断了，这场舞就失败了。只见两舞者全不在意,他们只是酣舞,舞得千旋百转,舞得水流花落,舞出阴晴圆缺喜怒哀乐,舞得如穿花蝴蝶受风燕子,哪里还有那根线。曲终舞歇,两舞者在舞台口站定,伸手捞起那根线来,观众这才又看见那根线,那根线历经沧桑,完好如初。这时两舞者再轻轻一拉把线拉断,还是那根很容易拉断的线。

八

男女姻缘只是一根很容易拉断的线,你没有拉,它也没有断,如此这般未免太平淡了。月下老人只是肇始,并非落成,大部分还得靠当事人自求多福,我看月下老人是道家的神仙,忽视了爱情的祸福两极,以及两极带来的戏剧性。月下老人的故事不能解释初恋,初恋也有定义,决不能说洞房花烛是人生初恋,名词的含义各有疆界,不立界说,任意纵横,那是诡辩或文字游戏。霜叶红于二月花,霜叶毕竟不是二月花,如果植物有神,如果神只管霜叶不管二月花,霜叶信美,吾人岂能无憾。

唉,初恋是何等大事,何等美事,你我宁愿一生没得过勋章,也不愿没有初恋,你我宁愿没见过桂林山水,没坐过北京金銮殿的龙椅,也不愿没有初恋。你我宁愿掉了一块大钻,情愿掉了护命符、还魂丹,情愿少年失学、做官下放、经商破产。人有初恋,天有朝霞，人无初恋，地无春花。

中国有七世夫妻的故事，两个人今生是夫妻，来世还是夫妻，一连七世都是夫妻，他们有七次初恋。他们受的那些苦啊，他们的痛苦是我们的七倍，他们的甜蜜快乐也是我们的七倍。连续七世做夫妻，未必值得羡慕，可是他们有七次初恋，七世夫妻据说是天降的重罚，可是天神有大疏忽，天条有大漏洞，这样一来，七世夫妻反而令人非常向往，如果你预祝一对情侣做七世夫妻，他们一定不生气。如果能选择，你愿意有七次初恋，还是中七次头奖呢？让我悄悄告诉你吧，服务信箱或生命热线的答案是六次初恋加一次头奖，哈哈！哈哈一笑，言归正传。初恋是初恋，头奖是头奖，初恋比蒸馏水更单纯，初恋短暂，事后话长。记得当时年纪小，我爱谈天你爱笑，无端隔水抛莲子，细数落花因坐久，不知怎么睡着了。想是谈也谈累了，笑也笑够了，环境静静，童心朗朗，倦意微微，这一睡睡得美丽，睡得幸福，无猜之美，无猜之福，梦里花落知多少，连梦也无猜。

初恋是无意恋爱，不知道是在恋爱，而确实是一场认真的爱。比起以后的日子，初恋是一种睡；比起以前的日子，初恋是一种醒。风定，鸟静，花落尽，人醒来，同样是人，怎么他这里那里和我不一样，怎么那相异之处有点儿逼人、诱人、火辣辣麻人，心里老是想着她，不知她可想着我，如果不想我，那么她想谁。怎能让她知道我想她，怎能使我知道她想谁，人为什么有了父母兄弟姊妹还觉不够，为什么和他做了亲戚邻居朋友反而若有所失。

这已经不是无猜，这进入了有猜，恋爱是两大有猜，朝思暮想，辗转反侧，一心要知人所不知，要见人所未见。旁人认为稀松平常的事，可能使他突然紧张不安，什么人说过一句俏皮话，恋爱中人和间谍是同一类，深入敌境，性命交关，风声鹤唳，草木皆兵，经常热血沸腾，恨自己没有千里眼、顺风耳，人生忧患自初恋始，天下从此多事矣！

九

天下本多事，庸人不自知。老师总希望男生女生专心功课，他没看见男孩抛了个纸团给女孩。纸团出手，他立时挺直脊梁，屏住呼吸，他那感觉简直是大祸就要临头。女孩悄悄地打开了纸团，他倾耳静听，地球裂开了没有。女孩在纸条背后写字，他看见伏羲画卦，一画开天。纸条恢复为纸团，女孩紧紧捏住，眼睛望着老师。男孩再也听不见老师讲什么，再也看不见别人做什么，再也不知道那铃声是上课还是下课。放学的时候，他揣着女生丢回来的纸团，如同佩了一道灵符，飘飘欲仙，脚不沾地。

走着走着，不知怎么并肩走在一起了，走着走着，不知怎么走到池塘旁边来了,两人站在塘边看人钓鱼,他觉得耳目口鼻里都是她,她觉得上下左右都是他,这一汪水从此就是圣地了。这就是初恋,初恋是恋爱的一部分,可能是较小的部分,那么其余的部分呢,那较大的一部分有没有名称?叫正恋还是叫热恋呢?立论的首要在立名,恋爱理论家难道忽略了吗?

有人说初恋不是恋爱,我们把初恋和恋爱两个词并列使用吧,初恋似圣,恋爱似贤,婚姻似才子佳人。初恋如泉,恋爱如河,婚姻如湖。初恋如禅,恋爱如诗,婚姻如经。初恋如琴,恋爱如棋,婚姻如舞。初恋如药,恋爱如酒,婚姻如茶。如此这般,说不完的比喻。

初恋和恋爱到底有多大的分别?初恋如危机四伏中行军,恋爱如枪林弹雨中搏杀,婚姻如依山川形势布防。初恋如麻醉剂,恋爱如兴奋剂,婚姻如镇静剂。镇静剂使人由非常状态回到平常状态,麻醉剂与兴奋剂使人由平常状态进入非常状态。非常状态不能持久,尤其是初恋,初恋最短,马克·吐温的初恋是怎么结束的?据说是因为一封信没有送到。初恋实在太脆弱了,初恋的人可以站在随风飘荡的蛛网上,但是不知道没收到信该怎么办。

有人一觉醒来,初恋成为历史,因为父母带着他搬了家,别离是初恋的坟墓,那在迷离交错的小径上梦游的人,不能克服距离造成的困难。有人开始初恋,因为两个家庭都信基督教,后来缘尽交疏，因为其中一个家庭改信了佛教。他们年纪太小，他们自己能决定的事太少。爱情不仅是唱歌，爱情不仅是失眠，爱情不仅是看雨后的彩虹。爱情要在锻炼挫折中落实，恋爱是有本领的人做的事，轰轰烈烈的恋爱是本领高强的英雄行径，所以初恋多半没有结果。初恋没有结果也好，人生有三大享受，第一是谈没有结果的恋爱，第二是看有结果的斗争，第三是什么我都不说，由你自己去想。

人的大脑在睡眠中也不休息，你得准备材料让它使用。为什么要看有结果的斗争，为什么要谈没有结果的恋爱，因为经得起咀嚼寻思。初恋啊初恋，我看见电视广告里的初恋，男孩女孩一同放风筝，蓝天白云芳草地，男孩牵着线迎风奔跑，等风筝上了天，他把线塞在女孩手里，女孩看天上的风筝，男孩看女孩的脸，两个人都很满足。这是哪一家做的广告？下一个镜头是男孩女孩并肩追逐一只白鹅，如果只有一个男孩或者只有一个女孩，那鹅会转过身来咬他，现在两人合作，那鹅只有摇摇摆摆向前跑。追鹅干什么？我想不为什么，他们只是要共同游戏。这个广告到底要推销哪一种商品？下面是饮水器，男孩女孩站在饮水器旁边，男孩按钮，水柱升上来，女孩踮着脚喝水，一腮一鬓的水珠。一幕一幕情景使我忘记这是广告，就在这时商品出现了，男孩女孩坐在麦当劳快餐店里，女孩面前一大包炸薯条。女孩正在吃炸薯条，男孩也从中抽出一根放在嘴里，两个人吃得又香又甜，原来是麦当劳快餐店做的广告。下一幕是女孩不见了，男孩独自捧颊沉思，他坐在芳草地上，背后是白云蓝天，最后这一招儿是神来之笔，有了这一笔，广告便不庸俗了。

十

对了，神来之笔，我找到了合用的词句。初恋一尘不染，即使被商业广告利用了，也还是不失清纯。这才说初恋如泉，在山泉水清，出山泉水浊，不知那滚滚浊流，也回想那山中云影不？在山泉水静，出山泉水喧，不知那滔滔浪声，也回想那山中花落否？在山泉水直，出山泉水曲，不知那九曲长河，也回想那山中匹练悬空否？所以说初恋如禅，后来的恋爱就多了些言诠义理；所以说初恋如琴，这个琴当然是中国古琴，后来的恋爱，就多了些明车暗马。初恋虽然纯真，可也到底是一阵苦涩的震撼，所以又说初恋如药，这个药指的是煎成汤液的中药。

至于恋爱如酒，用过这个比喻的人数不清，我也许是第几万个，我不是天才，可我也不是傻子，曹操说酒，陶潜也说酒，李白也说酒，太白以下说酒的人又有多少，多少人名垂青史，多少人不见经传，一笔写不出两个"酒"字，但这酒中味、酒中趣就百家争鸣了，

"情双好,情双好,纵百岁,犹嫌少",正是酒逢知己千杯少的境界。恋人一脚悬空,上不在天,下不在田,只疑云雾里,犹有罗密欧,是醉乡滋味也是情网滋味。相思一夜梅花发,忽到窗前疑是君,这眼睛是情人的眼睛,这眼睛岂不也是醉人的眼睛?

情人眼里出西施,黛安娜是个白人,她爱上了一个黑人,有人问她是否有时候也觉得对方太黑,她昂然反问,你是否有时候也发觉自己太苍白?如果你爱上一个人,如果有谁认为他不值得爱,人家举出多少证据你都看不见,有人骂你没眼睛,其实你岂止有眼睛,你比别人多一双眼睛,你有情人眼。

有一个女子爱上一个身材矮小的男子,那男子矮而且瘦,短小而未必精悍。她怎么会爱上他,人人觉得奇怪。那女子也许听到了一些议论,她也找个机会议论一番。那天她在我家看电视,她忽然转过脸来,她说电视把人缩得像一根手指头那么小,可是将军仍然是将军,元老仍然是元老,你不会觉得将军像小流氓,也不会觉得元老像个婴儿。她说你把婴儿在大银幕上放大了,他也还是个小孩,他不会成为巨人。她说人凭的是一股精气神,有将军的精气神怎么也是将军。啧啧啧,这就是恋爱。

恋爱不等于择偶,择偶用媒婆眼,用会计眼,用选美会评审眼,用安全室主任眼,而恋爱用的是情人眼。情人眼能从无中看见有,能从有中看见无,像那男孩英杰追逐那女孩美美,郎追女躲,郎热女冷，郎有情而女无意，于是郎憔悴矣。唉唉英杰，这是何苦，唉唉美美，到底有什么地方叫你舍不得，英杰说她的气质啊！美美听到这句话就去买槟榔，她一个劲儿嚼槟榔给英杰看，可是英杰看不见啊！她还呸呸呸把红沫吐在地上，可是英杰也看不见啊！英杰追逐如故，憔悴如故。英杰英杰，到底她凭哪一点吸引你呢？英杰说她的谈吐，美美听到了这个消息，她连忙向一位演员请教，要说些什么话才显出自己的浅薄呢，要说些什么话才显出自己的粗俗呢，你就说世界上最漂亮的东西是钞票，一张破破烂烂的钞票也比一张干干净净的白纸好看，你就说世上最好吃的东西是红烧肉，五分肥五分瘦，美国的胡椒，日本的酱油。你干脆说你喜欢强者，你宁愿被狼咬一口，也不愿被狗亲一下。美美学来一套一套的话对英杰说，她滔滔不绝，想把他冲得转身翻滚，可是英杰只顾听入了迷。他看美美是好的，横看横好，竖看竖好，正看正好，反看反好。将来哪年哪月哪一天，美美也有了意中人，美美以情人眼看她的意中人，其情其景料亦如是。

十一

情人眼看意中人，是看他塑造的一个人，是看他粉饰的一个人，是看他想象的一个人，那人是他自思自想一厢情愿的某种感觉。世人无完人，世人由身体到灵魂布满了缺点，可是当爱情发生之时，一个完美的人产生了，奇迹出现，神话成真。你在广场上找不到维纳斯，你在情场上可以找到，眼前这个人并不是一个真实的人，情人眼把这个人金装银裹，用想象把这人神化美化。这人好比是一个电影明星，明星在银幕上是一个人，在菜场里或医院里是另一个人，银幕上的明星和舞台口的明星，他身上带着灯光专家、布景专家、配音专家、化妆专家以及服装设计专家附加上去的许多东西，乐声灯影里不是站着一个人，而是竖着一块结晶体。

情人眼里出西施，这个西施是个结晶，不是响屧廊的那个王妃；情人眼里出宋玉，这个宋玉是个结晶，不是写《高唐赋》《神女赋》的那个文士。米元章为什么对着一块石头发痴？就算是奇石吧，就算它又皱又瘦又透吧，到底不过是一块石头啊，何以要对它废寝忘食呢？他是把一生的美学修养都加到石块上去了，他不只看见一块石头，他看见了一个结晶，审美能力越高，那石头越美。西风残照，汉家陵阙也不过几块断碑，一堆荒丘，牧童眼中不过如此。若是一个游客读过史记、汉书、唐诗，若是你心中有史学见识文学感动，你就能在长安月色、咸阳黄土发现神话。

一个诗人，若是真心爱上一个女子，会觉得她轻颦浅笑都是诗。一个画家，若是真心爱上一个女子，会觉得她举手投足都是画。一个哲学家，若是真心爱上一个女子，会觉得她每一句话都含有哲理玄思。一个反情报专家，若是真心爱上一个女子，会在追逐迎拒之间发现她有天分做高级间谍。一勺水可以成沧海，一杯清水可以成醇酒，《浮生六记》的作者能用一块石头挡在眼前当作一座山，人家的蚊帐是挡蚊子用的，他家的蚊帐是关蚊子用的，如果蚊帐里有蚊子，如果再朝蚊帐里喷一些烟，蚊子不再是蚊子，是鹤，白烟不再是白烟，是云。这位作者是结晶妙手，所以谈恋爱也谈得惊天动地，旖旎缠绵。

人也许不过是一块又皱又漏的顽石，人也许不过是咸阳古道上的一把土，只因为有爱情，人就一个一个轮回上升，何必说只羡鸳鸯不羡仙，鸳鸯就是神仙。

十二

鸳鸯就是神仙，神仙未必是鸳鸯，鸳鸯不必羡慕神仙，神仙往往羡慕鸳鸯。嫦娥不悔偷灵药，嫦娥后悔嫁错了人。她嫁给那样无趣的男人，他们之间没有爱情，他们也永远没有发生爱情的可能。她在广寒宫里遗憾终身的应该是没有恋爱的经验，或者是她在广寒宫里后悔莫及的是曾经放弃了恋爱的机会。

恋爱恋爱，两人携手看雨，看闪电画裂天幕，看雨珠编织透明的竹林，两个人都觉得手心贴手心迸出火花，接踵而至的隆隆雷声正是两人的心跳,这种感觉值得你瘦掉一磅肉。换上奇装异服,戴上牛鬼蛇神的面具,陌生人和熟朋友混杂在一起跳舞,这种舞会故意让你失去目标,可是恋人一眼就认出彼此,即使面具狞怪也能感觉到对方的浅笑甜甜,这种感觉值得你瘦掉一磅肉。

恋爱恋爱,女孩收到了花,她在花中闻到的是他的气味;男孩收到了信,他在信中看到的是对方女孩的眼神。恋人从这个世界跨入另一个世界,浮在未定界上空,视觉听觉异常锐敏,幻觉现实混合难分。看看莎士比亚是怎么形容的吧,爱情"使每一个器官发挥出双倍的效能,它使眼睛增加一重明亮,恋人眼中的光芒可以使猛鹰炫目,恋人的耳朵听得出最细微的声音……恋人的感觉比戴壳蜗牛的触角还要微妙灵敏"(朱生豪译文)。

某一方面太灵敏可能造成另一方面的迟钝,他住在五楼能听见邮差在楼下触动信箱,可是隔壁来了小偷他听不见,在罗密欧听来,鸡鸣狗吠全是呼叫朱丽叶,可是他不知道夜晚促织齐鸣。有一年台风狂吹,车辆行人绝迹,家家关门闭户,竟有一对情侣还站在马路边公共汽车的站牌之下相视而笑。这时马路简直是个风筒,把他们像风筝一样鼓起来,他们紧紧抓住站牌的柱子,似飞还落。他们绝不是等车,谁都知道班车已经停了,他们完全不知道有那么强劲的风,即使狂风把地球吹离了轨道,只要手中那根柱子还在,他们也会无动于衷。

咳，既然恋爱难免留下笑料，当局者迷，旁观者笑，而当局者不在乎旁边有人笑，甚至不知道有人笑。据说某人在光天化日之下去抢金店，警察一下子把他逮住了，清平世界，朗朗乾坤，店里店外都是人，你怎么好意思下手？那人说，我呀，我只看见金子，我没看见有人。这样的人不该出来做贼，他应该回去谈恋爱。

据说恋爱是"忙人的闲事，闲人的忙事"，据说"能闲人之所忙，始能忙人之所闲"，这两句话都是名言，名言一个一个独立存在时都好像很正确，两个名言的组合却未必加倍正确，化学品加化学品可能燃烧爆炸，名言加名言可能是一场闹剧。忙人的闲事、闲人的忙事，加上闲人之所忙、忙人之所闲，结果如何？岂不是从此君王不早朝？岂不是温柔乡是英雄冢？

十三

贾宝玉别号富贵闲人，世人皆忙我独闲。他又有个外号叫无事忙，世人皆闲我独忙，不问苍生问胭脂，别人治国持家，他来猜林黛玉的小心眼儿。越王勾践和吴王夫差的对比更明显，勾践忙夫差之所闲，夫差闲勾践之所忙，"台下卧薪台上舞，可怜俱是不眠人！"，可是也别为了这个否定爱情，"醉卧美人膝，醒握天下权"，问题在你有没有那么大的才具，能不能拿捏分寸。拿破仑军书旁午，还能读《少年维特之烦恼》，还能给约瑟芬写情书，唯大英雄能本色，他后来打败仗另有原因。

容我们放胆想象一下，如果恋爱真的像是出麻疹，如果恋爱都在年轻的时候发生并且完成，敢问得失利弊如何。恋爱是年轻人的必修课，是老年人的选修课，年轻人可爱，值得你爱，他也应该去爱。魔鬼在年轻的时候也漂亮，所以画家必须把它画成老家伙。年轻人的爱是真的，恨是假的；年轻人的爱是浓的，恨是淡的；年轻人的爱是九段，恨是初段。

容我们再想象一下，恋爱是一种精神生活，老年人以物质化作精神，年轻人以精神代替物质。年轻人恋爱也许只要两杯清水，老年人恋爱也许要一瓶美酒。年轻人恋爱也许只要一架手风琴，老年人恋爱也许要一个乐队。年轻人恋爱也许只要一面窗子，老年人恋爱也许要一座别墅。不仅此也，顶重要的是年轻人尚未统率百万大军，年轻人尚未握有亿万股票，年轻人即使爱上褒姒，国家也不至于迁都，年轻人交学费交得不高。中国帝王在年轻时不准恋爱，到了中年老年又没有办法限制他恋爱，交起学费来可就倾城倾国了。

神爱世人，神不能使人不病，他给人预先安排了一张病历，他把某些病安排在年幼的时候，他又把某些病安排在老年退休以后，中间这段时间给你健康，让健康的你踢打跑拼，心无旁骛。所以人在幼小的时候出麻疹是有道理的，所以用出麻疹来比恋爱是有道理的，一个人只出一次麻疹，人人事先都没有出麻疹的经验，没有经验必定有风险，没有经验反而有勇气，成长有时候就是盲人瞎马，勇往直前。

天下事多半是有经验胜过无经验，恋爱则是无经验胜过有经验。说经验，想专家。爱情是一种无经验状态，他屡仆屡起，他再接再厉，他每次坠入爱河都忘了怎样游泳。游泳必须亲自下水，游泳不能请人代替，游泳比赛开始了，某选手临阵退出，你可以替他上场，他的工作是参加比赛，你只能代替他的工作，游泳的还是你自己。董事长给你两张票，教你替他听音乐会，听音乐如何能由别人代替？他是把音乐会当作某种仪式，你只能替他完成这仪式，享受音乐的还是你自己。

世上有很多事无法由别人代行，子不能代父，夫不能代妻，至亲好友爱莫能助，虽暴君不能派忠臣替他恋爱，虽王子不能派死士替他出麻疹。美军里面曾经有这么一个笑话：恋爱究竟是工作还是娱乐？两个军官为这个问题展开热烈地争辩，一个说恋爱是工作，一个说恋爱是娱乐，谁也不肯让步。有一个士兵跑过来提出意见，他断言恋爱乃是娱乐，为什么呢？"如果那是工作，你们早已交给我做了。"

十四

笑话笑话，一笑可也，有些军官太懒了，讽刺一下。听笑话别认真，娱乐固然不能代替，工作也未必都能，作画是画家的工作，你岂能替画家作画，明代四王都是画家，这一王不能代替那一王，扬州八怪都是画家，这一怪不能代替那一怪。恋爱既像作画，又像听音乐，也像出麻疹，麻疹缠绵床褥，九死一生，在医学文献中有种种后遗症，咱们别出麻疹好不好，于是发明了疫苗，小孩子打一针免去一场劫难。会不会有人发明恋爱疫苗，打一针就不想恋爱了，如果贾宝玉当初打一针，就没有《红楼梦》了。

如果有这么一种疫苗，到底要不要接种免疫呢？这事恐怕不容易决定。贾宝玉出了家，如果他后悔了，他可以还俗，麻疹疫苗生了效，我们不会出麻疹，我们不会因此后悔。恋爱疫苗不同，它使人丧失恋爱的能力，将来有一天后悔了怎么办？也许科学万能，也许一针疫苗的效力只有3年，也许今天打一针可以不恋爱，也许明天再打一针，又可以恋爱了。

有一天，也许一个单身男子想到女子学校教书，他得先打一针才有资格应聘。也许教师公会要为此来一次大游行，游行不一定为了国家兴亡，外面的大学生在校园里游行，女生们向全校男生抗议，她们号召全校女士不要与男生接吻，我心中暗笑这样一个运动怎能成功，除非你给她们打针。也有另一大学的男女生联合游行，抗议校方不准他们在教室里接吻，抗议校方不准他们在宿舍门口接吻，那天烈日当空，游行未免辛苦，不久学生恍然大悟，游行何其麻烦，另外找个接吻的地方岂不省事，于是游行在男生女生当街拥吻中结束。

　　由接吻怎样结束想到接吻怎样开始，据说此事始于亚当吃了一个苹果。《创世记》说亚当吃禁果，禁果不一定是苹果，经文记载语焉不详，这件事太出名了，人人希望知道细节，苹果商动了灵感，借机会为产品打知名度。有人出过一道题目，这世界充满了谎话，哪一句谎撒得最大，答案是亚当夏娃吃苹果生出爱情。于是又有人接着问，哪一种水果对人最滋补，答案又是苹果，始祖吃了一个苹果，子孙万代都有情欲。

　　吃了苹果想接吻，豆腐公司说不然，吃豆腐的时候联想接吻；牛奶公司说不对，喝牛奶的时候联想接吻。弗洛伊德学派说，你们的发现太晚了，婴儿吮吸母乳的时候就想接吻。佛门法师说，你们知道得太少了，这副皮囊不管吃什么喝什么都会想接吻，什么都不吃什么都不喝也会想接吻。这一下子麻烦大了，躲避麻烦也不难，只要不相信。于是有人说，佛门法师这话才是弥天大谎，轻轻一句话，四两拨千斤。

十五

男女生而愿吻，死不忘吻，令人怀疑，咱们的古之君子好像相信了，逐渐发展出一套周密的设计，消灭引起动机，防堵有机可乘，称为"防闲"。男孩女孩7岁寝不同席，8岁食不同器。大户人家的女儿深藏闺中，如果她笑，不能让闺门外的人听见笑声，否则就没有教养。《金瓶梅》告诉读者如何判断一个少女的品德，倚门而立的是坏女孩，目送行人的是坏女孩，托腮咬指的是坏女孩，坐立摇腿的是坏女孩，无故唱曲的是坏女孩，未语先笑的是坏女孩。今之女孩一定大呼岂有此理！

更岂有此理的是，开窗独坐也不行，停下针线沉吟不语也不行。今天的女孩哪个不目送行人，哪个不无故唱曲，哪个不在做功课的时候发一阵子呆。我在夏天傍晚从某某女子家政学校宿舍的墙外走过，遥见那一栋大楼有百来个窗子，大部分窗子开着，大部分敞开的窗子有一女生凭窗而坐，凉风习习，秀发飘飘，眼波澄澄，真乃一片观之不足的好风景，她们是社会未来的精英，何尝变坏？我在路上多看了几眼，我也没变坏。

当然，如果总务主任在学生宿舍里装好中央系统冷气，训导主任规定前窗后窗一律紧闭，我也举双手赞成。如果哪位千金美丽内向、小心谨慎，决不在窗口亮相，我也举右手赞成。如果住宿的女生分成两派，一派反对开窗，一派反对关窗，双方争吵叫骂，大打出手，我则摇头叹气，不发一言。

窗里窗外，言者无心而行者无痕，但是这的确是敏感地带，倘若有男孩子动了恋爱那一念，女孩子马上感觉得出来，女孩子感觉到他的兴奋，觉得他可爱或浅薄。古圣先贤说，男人你要当心，你随时可能引起女人的鄙薄；女人你要当心，你随时可能引起男人的兴奋。絮絮不休，千年一日，男孩女孩，惊心动魄。直到20世纪40年代，女眷们还忌讳说"裤子"，只说"下身的衣服"，女子的内衣不叫内衣，叫"小衣服"，迂回曲折，如制谜语，在你的联想力前面设下障碍物。

这些语言，现在都消失了，只有一句"男女授受不亲"流传下来做后世批判的箭靶。你是男孩，如果你想把这本书交给女孩，你们两人的手不可以同时握住一本书，即使你们同时在场，你也只能把书交给她的父母兄弟，或者把书放在桌子上由她自取。如果男孩女孩两人的手同时接触一样东西，这样东西就会成为一件导体，把你的电流传到她的身上，也把她的电流传到你的身上，这男女之防就有了缺口。

今天说这些事，只是表示前人这样努力过，他们徒劳无功，后世反其道而行，也历尽艰辛。以后的事众所周知，女装起了革命，女孩子突然把脖子下面露出一小块来，她们认为很好。接着把袖子剪掉，胸脯垫高，她们认为很好。看看民国初年拍的电影吧，女子故意提起裙子，露出小腿，就算是诱惑。今天的热裤和迷你裙比短，女装从来没有这么短的尺寸，百货公司按尺寸分类，只能把它摆在童装部出售，女人认为这没有什么不好。

起初，男女之防的捍卫者当然反对，无如潮流是由上而下，谁能抵挡瀑布呢？而且世变从家变开始，君子们的女儿和姨太太先改装易俗了。学者出来说话，异性引起的紧张可以使人昂扬奋发，女人不穿内衣露出乳壕可以训练男人自制。婆说婆有理，信不信由你。从不说内衣到不穿内衣，你看其间差距有多大。这时，以前检查员一个一个删掉的"爱"字，修辞家一个一个加上，你看其间差别又有多大。

十六

"爱"字公开，然后恋爱公开，然后"我要恋爱了"也公开。恋爱自由，恋爱有理，未婚男女，饱受熏陶，天下有情人都成了眷属，已婚男女饱受启发，天下眷属都成了有情人。未免有情，岂能无情？男子生而愿为之有室，女子生而愿为之有家，这两句老话学问大，有人说那个"愿"字是父母的心愿，生了男孩就希望有一天安排他娶妻生子，生了女儿就希望有一天安排她出嫁。有人说那个"愿"字是男孩女孩自己的大愿，室家之好是人人与生俱来的欲望。

你看那男子打上领带，出门去了，问他到哪里去，他说他去开会。不错，他是去开会，不过在他的意识或潜意识里还有一件事，他去寻恋爱结婚的对象。你看那女子对着镜子补一下口红，出门去了，问她到哪里去，她说到百货公司买东西。不错，她是去买东西，不过在她的意识或潜意识里还有一件事，她去寻恋爱结婚的对象。法国大作家雨果笔下有一句话，它说神了解人类的需要，所以把天放得那么远，把女人放得离男人那么近。

天高女人近，说这句话的人未免太"大男子主义"了吧，男人不是离女人也那么近嘛！有人声称深通数学，他说假定某地人口半数是男，半数是女，假定男女人数完全相等，男子外出多半遇见女子，女子出门多半遇见男子，他说这是老天成全。我不懂数学，但我知道一城一乡这一年生了多少男孩、多少女孩，从来不会只生男孩不生女孩，也不会只生女孩不生男孩，固然李太太膝下只有女儿，可是刘先生命中注定只有儿子，胎儿是男是女，冥冥中由大自然决定，大自然给每一个人安排了因缘。

因缘因缘，"缘"有三"因"：一曰地缘，因地结缘，例如邻居、同乡、同船过渡。二曰社缘，因社会关系而结缘，例如教会、工会、俱乐部。三曰血缘，因亲属关系而生缘，如表哥表妹。缘分缘分，有了"缘"还要有"分",要不然表妹怎么嫁了别人呢?我的一个朋友,联考过关,堂堂进入大学,父母对他说,你熬出来了,你可以谈恋爱了,学校里不是有那么多女同学嘛!学校里的确有很多女同学,开学那天,他站在二楼走廊上放眼一看,校园中女生成团成簇,花团锦簇,不知哪个才是她,她到底在不在这里面。今后要多少寻觅,多少试探,多少波折,多少悲喜,梦里寻他千百度,过尽千帆都不是,天下人何限,慊慊只为汝。飞机场火车站摩肩接踵,人头滚滚,道是有缘,毕竟无分,一旦有缘有分,那真是上天厚我,只有欢喜感激。

爱情永远不必说感激?是不是感激也化成了爱?尊敬也化成了爱?骄傲也化成了爱?你只要再加上爱,再加上爱,生生不已,绵绵无尽,而弱水三千,我只取一瓢,这是你的一瓢,也是你的一份。缘分缘分,前人用字真是精练之至,恋爱恋爱,爱上加一个"恋"字,精神全出。恋爱不等于爱,恋爱带有迷乱的成分,这迷乱的成分是恋爱的特征,这特征把恋爱与别的爱分开了。这个爱实在不是那个爱,一笔写不出两个"爱"字,不能另外造字,姑且另外造词,造一个"恋爱"做动词,再造一个"爱情"做名词。

"恋爱"也可以有定义吗?恋爱是忽然发现你和我不同而我非常喜欢,恋爱是忽然发现你和我相同而我十分感动。由于两人不同,所以我离不开你,你离不开我;由于两人相同,所以我就是你,你就是我。我俩互相滋润吧，互相补充吧，互相融合吧，互相发现、互相了解吧。恋爱就是"把咱俩打破，把咱俩混合，再塑一个你，再塑一个我"，这样还不够，下面还要再打破，再混合，再塑一个你、一个我。而且以后还要再打破，再塑造，你为他而活，他为你而活。青山憔悴卿怜我，红粉飘零我怜卿，一种饥渴，一种满足，两者循环，生意盎然。

十七

少男少女的恋爱和大圣大贤的仁爱境界有何不同？前者只有一个账户，他只向一个账户存款，后者有千万个账户，他向千万个账户存款。一个博大，一个专深。博大者是圣人，专深者是情人。大人物做圣人，小人物做情人。小人物尊崇圣人，可是并不愿意做圣人，大人物非议情人，小人物说情之所钟端在我辈，以此自谦，也以此自豪。爱情使恺撒变小，使拿破仑变小，爱情使卓文君变大了，变大了。

人是需要回忆的动物，人到老年，必须有许多许多事迹可供回忆。大人物回头一看，多少胁肩谄笑，多少鲜花红毡乐队；小人物回头一看，老大伤悲，哪怕是回忆有罪的爱情，也比良心上的空虚清白要好。这话是托尔斯泰夫人说的吧，夫人，您这话我来补充一下，人的思想不停止，未来没有什么可想的，他想过去，过去没有值得安慰的事情可想，他就想那些惭愧后悔。有些老人天天坐在牌桌上，他日出而作、日入而不息，唉，何必呢？何不爱惜你最后一点余光呢！有些老人死在牌桌上，他抓到一张牌满贯，可是他心脏病发，马上就不行了，这又是何苦呢！跟他同桌打牌的老人心里有数，知道这位老哥他回忆，他难过，他昼夜如同受刑，只有在方城鏖战的时候得到宽赦，他无路可逃，死而后已。小人物啊小人物，幸而还有一个女孩在你心上留下一抹彩虹，幸而还有一个男孩在你心上降过一阵轻雨，幸而你还有母爱和初恋，这些对你是多么重要！大人物可能把爱情当装饰品，小人物应该把爱情当作必需品。小户人家崇俭务实，告诫子女不可醉心爱情，我真想说令郎可以自由恋爱啊，因为他不是皇太子。

人只要爱过、被爱过，心头自有一点燔火，照亮一生，温暖一生，就能历百劫九死始终保持一点安慰，就有资格对皇太子说一句"各有因缘莫羡人"。其实皇太子也恋爱，我想皇太子做的事也值得你做，你见英国皇太子吸毒没有？你见英国皇太子赌博没有？皇太子不赌博，他下棋；皇太子不吸毒，他听音乐会；皇太子到海滨别墅休假，出席慈善晚会；他做事有人替他精挑细选，趋吉避凶，如果恋爱是蠢行，他们一定不让皇太子干。

再思再想，世上那些聪明人算尽机关，占尽便宜，他们不是也恋爱结婚嘛，如果恋爱必然是悲剧，那么爱情必然是死药，如果壮夫不为，智者不为，只有浑浑噩噩的愚夫愚妇生子生孙，那么人类早已退化，奄奄一息。然而人类繁盛，众生有情，挺胸抬头而奕奕有神。有人认为热恋不是正常的生活，所有热烈的恋爱都是畸恋，爱情反生活。你看爱情不但是瞎子，似乎也是哑巴，他不能为自己叫屈，我们来替他喊冤。

　　神话是满纸荒唐言，然而此中有真意。借用神话，人由雌雄同体而异体，而产生恋爱，因爱情而提高精神境界，加大创造能力，人因此成为最高等的动物，否则人而不如夜莺，婚姻也不过使人回到雌雄同体的原状，那才真正可怕，比恋爱更可怕。这是某太太的新发现，她一向把女儿像明珠一样攥在手里，她的家训是绝对不可谈恋爱，她天天讲述恋爱的害处，女儿总是柔顺地听着，多乖的女儿啊！乖得叫人心疼。到了那年那月那一天，某太太坐在家中低头看报，光线忽然暗下来，报纸上有个黑影子，抬头一看，女儿有话要说。女儿说：妈，我要结婚。母亲大惊，你跟谁结婚？女儿一侧身，原来后面跟着个从未谋面的男孩子。某太太因惊慌过度而嘶哑失声，她喊着说，你们没恋爱怎么可以结婚！你们没恋爱怎么可以结婚！某太太终于发现比恋爱更可怕的事情，这件事由她反对恋爱而造成。

十八

"恐惧"是七情之一,"曰喜怒,曰哀惧,爱恶欲,七情具"。每个人的七情都有个幼稚期,人在幼稚期难免爱他不该爱的东西,难免怕他不必怕的东西。小孩子怕黑,有位大厨师说,他小时候最怕赴宴,每逢赴宴的日子,总要大人百般哄骗,才肯勉强换衣服,往往一面换衣服一面哭,有一次哭得大人意兴索然,干脆全家都不去了。他后来做了厨师专办酒席,有时想起前尘往事,大惑不解,不知为甚把小事看得那般严重。严重多半不能持久,即便千钧一发也不过刹那间,多少出生入死事,尽成茶余酒后谈。

哲学不能遗传,大厨师有个文静的儿子,他不怕宴会怕女生,见了女生就手心出汗,嘴唇发抖,女孩子不领他这份情,给他白眼看。大厨师教子无方,他到辅导机构去请教专家,专家告诉他人生代代有恐惧,你以前也许对某件事怕得要死,现在不怕了,你也许现在对某件事怕得要死,以后又不怕了。人有一天什么都不怕,除了怕死,等到连死也不怕,也许就快死了。

有个男孩慢慢长大,父母关心他,跟他谈志愿、谈前途,他一言不发,放声大哭,父母十分慌张,不知道孩子在学校里受了什么刺激。老师喜欢他,跟他谈前途志愿,他放声大哭,一言不发,老师十分诧异,以为他在家庭里受到重大刺激。有一天,老师决定访问家长,恰好家长也决定拜访老师,双方交换情况,反复琢磨。他们都承认对孩子太不了解,他们决定采取下策,那就是由母亲秘密检查孩子的日记,这孩子在日记中吐露内心的秘密,他说一想到我会长大,我得去恋爱,那要受多少折磨,结局是多么不幸,就忍不住悲从中来。母亲拿日记念给丈夫听,潸然泪下,父亲大笑,他说真是傻孩子,既然恋爱必须有人哭泣,何不叫另一个去哭!

很遗憾,他没说两人都可以不哭。人生由怕黑开始,继之怕异性,大约是到了不怕异性的时候也就不怕黑了。所以要了解异性,所以要练习如何与异性相处,恋爱是与异性相处的一种能力,这种能力可以培养,如果不能生而知之,可以学而知之,如果不能安而行之,可以勉强而行之。

想当年男女无社交,社交无自由,恋人为见一面冒险犯难,今夕何夕,一个跳过墙,一个跳出窗,那时岂有闲工夫看云破月来花弄影,那时奴为出来难,教君恣意怜,分手时总是痛哭流涕,他们知道埋下了祸根,历史阴影留在文字上面,"恋爱"二字令许多人不安。非也非也,百年前男女会面不易,沟通困难,时不我与,百年一刻,才子佳人一见面就定情,文君相如一经琴挑就私奔,那时父母没机会参加意见,自己对意中人了解不多,飞蛾投火,一发难收,不但像开车没有刹车,简直像从飞机上跳下来没带降落伞。

俱往矣,现在不然。现代人早已从历史阴影里走出来,现在男女社交公开,男孩女孩在社交中练习与异性相处的能力。笼罩在历史阴影下的人,以为男女社交是为了自由恋爱,非也非也。时至今日,女子和男子共同分享这个社会,读书有女同学,工作有女同事,买东西有女店员,打官司有女律师,找职业有女老板,不用说还有女朋友,女子打进朋友一伦,"女朋友"一词也就不再使人紧张了。

而今而后,相识满天下,男人与女人。三百六十行,跟吃苹果毫无关系,连青梅竹马也不再那么回肠荡气了,连表哥表妹也不那么罗曼蒂克了,上元观灯,清明踏青,更不算是探险了。他们都学会了怎样拒绝、怎样承诺,他们都学会了怎样合作、怎样对抗,他们学会了怎样争取、怎样让步,几乎忘记对方的性别。似乎女孩子比较能胜任社会分派给她的角色,女孩子和男孩子合作,问题较少,男孩子和女孩子相处,问题较多,一男一女若不能和睦相处,我疑心男孩子要多负一些责任,男孩子该在这方面多多用心,不是为了恋爱,乃是为了做人。

十九

言归正传。爱情殆天授,恋爱有技术,凡是技术都可以学习。现在有恋爱学校,好极了,可是恋爱学校并不像小学中学,近在身边,步行可到。凡是没有学校的地方,社会就是大学,紧追先行者,听其言而观其行,时时听听看看学学。恋爱无经验而有榜样,见过人家学跳舞吗?先坐在舞池旁边摆测字摊。见过人家学开车吗?先坐在驾驶座旁做乘客。学恋爱,替那些谈恋爱的同学朋友敲边鼓,替那谈恋爱的哥哥姐姐做电灯泡,成人之美,善有善报。

现在什么书都有人写,怎不见有人写一本《计划人生》。人幼时至少要做电灯泡三次,婚礼中做花童一次,青年时期至少做伴娘或伴郎两次。朋友中至少有一人读家政系,未婚之前,至少有一个好朋友失恋,结婚之后,至少有两个亲友早生贵子。假如有一本书叫《计划人生》,它会说人到中年要匀出时间和老年人做朋友,少年人看青年人怎样生活,青年人看中年人怎样生活,中年人看老年人怎样生活,择其善者而从之,择其不善者而改之。

买不到《计划人生》倒也没关系,经师难得,人师易求。两千年前就有人说,人在家中学习怎样对待上司,因为他有父亲;人在家中模拟怎样对待朋友同事,因为他有兄弟姊妹;人在家庭里模拟怎样对待部下,因为他有子侄。这理论至今还可以活学活用。有一种男人,从小没有母亲,也没有姊妹,这人没机会学习如何与女性相处,长大了和女同事、女邻居也处不好,甚至进了商店都不愿和女店员打交道。这样的人就得另外找个实验室,另外布置一个沙盘。

说起活学活用，想起有一次我到车站送朋友，听见一位母亲在月台上叮嘱儿子，母亲教儿子在外面多交朋友，最好一半是男朋友，一半是女朋友，千万记住君子之交淡如水，千万记住跟每个朋友保持相等的距离。母亲说了一遍又一遍，儿子俯首静听，十分孝顺。旁边有一男一女也在等车，他俩特别注意那对母子。女的哧哧笑个不停，男孩问她笑什么，女子低声教男子用点儿想象力，她想那男孩在外有五十个男朋友，五十个女朋友，他的男朋友和他的女朋友一对儿一对儿结了婚，他还是孤家寡人一个。

火车是个好地方，可以在上面找到很多故事。列车进站了，乘客鱼贯登车，大哥带着小弟上来，一面走一面问记住了没有。大哥拣一张空椅子坐了，小弟想挨着坐，被大哥睁大眼睛瞪回去。前面也是一张空椅子，小弟靠窗坐下，怀里抱着旅行袋，大哥拍拍小弟身旁的空位，小弟连忙把旅行袋放下去，占住位子。原来大哥叮嘱他，就是教他一个人占两个位子。乘客顺着走道走进，边走边用眼睛扫瞄两旁，看见小弟身旁有个行李包，以为早有人坐了，径直往前走。大哥用训练的语气交代小弟："这次可要眼明手快哟！"只见一位年轻的女孩子走过来了，她朝小弟身边的那只旅行袋看一眼，走过去，大哥在后面咳嗽一声，小弟的脸红了一阵。只见又有一位年轻的小姐走过来了，她朝那旅行袋看一眼，也走过去了，大哥又咳嗽一声，小弟的脸白一阵。最后一位太太走过来，头发散乱，衣襟半敞，抱着吃奶的孩子，臂上吊着网篮，她越走越慢，走到小弟座旁简直走不动了，心慌意乱的小弟他自己也不知道怎么会把旅行袋一手拿开，那太太哎哟一声就势坐下，这位大哥叹了口气。火车出站，婴儿小便了，做妈妈的就在座位上打开了孩子的尿布，这时大便也出来了，色香之外，配以哭声。小弟紧紧地抱着旅行袋，低低地弯着腰，悄悄地看地板，大气也不敢出。孩子吃过奶，禁不住车声催眠，睡了，小腿往前一伸，小脚就搁在小弟膝盖上，那妈妈的两眼也眯成一条缝。火车东摇西摆打盹儿，小弟受不了母子俩挤压，干脆站起来，连这一半也让了，没处坐，站在大哥身旁。大哥压低声音说，你又失败了。小弟连声说对不起，他说太难太麻烦了。原来大哥在训练他，教他处处制造机会和女孩子接近，用行李包为女孩子占一个座位，就是其中一课。奈何小弟怎么也学不会。

　　有人说，何必这样麻烦呢，如果让父母去操心，如果让媒婆去操心，如果让算命先生去操心，你省掉多少精神时间！今天海外华侨回国相亲，见了一个又一个，到第三个他就不耐烦了。但是人生在世总得干几件麻烦事儿，亲手栽花，亲手摘果，不是都有人乐此不疲嘛。想这世上多少事从麻烦中见精华，打篮球就是自找麻烦，它从麻烦中找乐趣，它从麻烦中找人生的意义。如果每人发给一只篮球，如果每人抱一个球回家，反而人人垂头丧气。再看那舞蹈，舞台上的路，三步五步可以走完，舞者偏要千回百转。

二十

　　看人生，看完火车看银幕，银幕比火车更丰富也更方便。如是我见：索菲亚·罗兰演一个农家女，她穿着破破烂烂的衣服，站在田里，收割后的大地散布生育的讯息，她的衣服，那由专家设计出来的褴褛，洋溢出青春的张力。她的男友来了，他以游词挑逗她，她既兴奋又节制地敏捷应付。那男子奋身向前，打算拥抱她，她用手里的一根麻秸抵住，麻秸的一端在罗兰手中，一端在男子腰部。别看是一根脆弱苍白的麻秸，竟把排山倒海的攻势阻住了，两人隔着这一段距离，你望着我，我望着你。那热情的强壮的男子缓缓推进，轻轻地向前加压，她纹丝不动，只见那麻秸弯曲了，麻秸向上拱成桥面了，两人都不看那关系重大的麻秸，他们互相注视对方的瞳孔，剧情的"张力"完全形象化了。终于啪的一声，麻秸断了，男子抢上一步把罗兰揽在怀里。多麻烦啊！可是多好看啊！

　　恋爱是有弯路的啊，恋爱是像钥匙开锁一样有个过程的啊。如是我闻，有个小偷自命是神偷妙手，有一次他看上一户人家，他决定在星期天黎明时分下手。他先用专业技术制服了狗，他在一片鼻息声中进入书房，他看见一个保险箱，他蹲下去打算开锁，他有胜利的骄傲和丰收的喜悦。事情比他想象的还要顺利，他伸手一拉就把保险箱拉开了，他立刻站起来转身就走，他没有向箱子里头看一眼。

　　这小偷后来改邪归正，他信了教，新闻记者访问他，他说出当年行窃的这段经历。一位做母亲的看见了，把这段记载从报上剪下来，加上按语，交给女儿：女孩子就像保险箱，若是随随便便可以打开，人家就知道没有什么好东西。我也有按语，每个小偷见了保险箱都准备费一番功夫，他应该不怕麻烦，费劲越大也许越值得，他绝不期待也并不喜欢一拉就开的保险箱。保险箱也不能永远让人打不开，除非它已经故障损坏，损坏的保险箱里也不会有珍宝。保险箱代表某种理想，造保险箱、买保险箱乃至偷保险箱的人都是理想主义者。

　　锁越是精密，越是只有一把钥匙能开。记得有个人好专横，他对儿子下命令，不准你再和娟娟来往，我另外给你找一个女孩，保证比娟娟更漂亮。儿子说我爱娟娟，不爱别人，那爸爸大吼一声：你们以后常在一起，日久自然情生。这个爸爸只知道天老爷使男女相悦，不知天老爷使某一男子只和某一女子契合。贾府当局认为只要使宝玉和宝钗结婚，宝玉终要爱上宝钗，结果大谬不然，因为除了宝钗还有个黛玉。到底哪把钥匙能开哪把锁，得让他们自己在茫茫人寰滔滔人海中寻找。

二十一

"哪把钥匙开哪把锁"只是比喻，比喻只是仿佛如此，终难严丝合缝、无懈可击。使用比喻要对方会意合作，所以论战攻防比喻不是有效的武器。钥匙开锁一击而中，男女定情还是要循序渐进。定情之前要生情，生情之前要相识，每个阶段可久可暂，可行可止，可以进而复退，可以退而复进。这事经学者专家用他的治学方法处理，列出十二个步骤。

第一步是眼对体，你的眼睛看见他的身体，不管近景、中景、远景，你爱看多看，倘若你根本不愿瞧见对方，这事便休了。第二步是眼对眼，倘若你看他，他不看你，这事便休了。第三步是话对话，倘若你和他说话，他不搭理，这事便休了。第四步是手与手，你们握手。第五步是手与肩，你的手可以搭在他的肩上。第六步是手与腰，两个人的手互相揽住对方的腰部。由眼对眼发展到手与腰本有很长的距离，但交际舞是缩地术，只要两人婆娑起舞，六阶段在瞬间一次完成，明乎此，你就知道跳舞为什么对年轻人这么重要。第七步是唇与唇，第八步是……我一直看到第十二步，觉得还不够，我希望再加一个心灵与心灵，可是这一步摆在什么地方，却是大费踌躇。

这十二个层次是循序渐进的，除了最后第十二无法退回以外，前面各步可以进而复退,退而复进,也是迂回曲折,患得患失。现代恋爱只是机会多,方式多,这条路仍然漫长,照样令人新来瘦,令人对花对酒,为伊泪落。一个人能有多少泪水呢,朋友越多越好,但是流泪的朋友绝对要少。人熟是一宝,相识满天下最好,但是一个人又有多少时间精神呢,一个人又有多少魅力呢。一缸水能养多少鱼呢,一勺糖能兑几碗水呢。

恋爱始于交友,不等于交友。交朋友好比听音乐,多交一个朋友好比多听一支曲子。交朋友好比赴宴,多一个朋友好比席上多一道菜。交朋友也好比多看一出戏,也好比多读一本书。恋爱却是对知己,对知己是燃烧自己,得一知己,死且无恨,人能死几次呢,人有多少燃料,能烧多少时间呢。

人不是火柴,不能一擦就着;人不是开关,不能一揿就亮。知己要"遇",爱情也要"遇"。有人终生没有知己,有人一生没谈过恋爱,这种人必得另外找个锅炉燃烧自己,不烧就霉烂了。燃料注定了要进炉进灶,煤炭油电不能选择炉灶,唯人为能。水浒英雄嗟叹,我这凛凛一表,堂堂一躯,为谁而生,为谁而死。士为知己死,选学科、选职业、选朋友、择木择主都是选炉灶,要值得流汗才流汗,要值得失眠才失眠,要值得宣誓才宣誓,要值得签字才签字,要值得燃烧才燃烧。一块儿听听音乐就要燃烧吗?谁还敢跟你一块儿听音乐呢,一块儿吃川菜就要燃烧吗?谁还肯和你一块儿吃川菜呢。灰烬是不能回到木柴的，也许灰烬成为肥料，春枝再发，此木为柴，那该是10年树木以后了。

爱情啊！爱情是什么滋味呢，相思一夜情多少，地角天涯未是长。恋爱中的人哪，他觉得很温暖，同时又觉得寒冷。他觉得很丰盛，同时又觉得贫乏。他充满自信，同时又非常恐惧。天天是感恩节，寸寸是伤心地。患得患失，自幸自扰。为什么这样说？因为想起我今生见过的第一个恋爱故事。

当年我做小学生的时候，一位男老师在放暑假那天结婚。他是湖北人，在山东教书，他的新娘从河北前来举行婚礼。那时我们家乡风气未开，第一次看见新娘不远百里投奔新郎，第一次听说新娘曾经三次答应婚事又三次违背诺言，第一次发现新郎新娘挽手徒步而行倒也威风凛凛。父老看文明结婚如看文明戏，高年级学生一律以童子军身份出动维持秩序，人堆人墙把童子军棍压断了好几根。花烛之夜，闲人散尽，新郎新娘以为可以放松自己了，他们不知道床底下潜伏着一个学生，老师们公决在新房里装这么一具"窃听器"。

只听得新郎对新娘说，如果娶不到你，那可叫我怎么办！新娘说，你另外找个和我一模一样的呀！新郎一惊：难道你有双胞胎姐妹吗？新娘扑哧一笑，片刻静默。新郎是个黑脸膛，好像照镜子擦面霜。新郎又问：我的脸这么黑，你为什么还嫁给我呢？新娘说，我偏偏喜欢你这个黑。新郎说，如果我以后变白了怎么办？新娘说，那时我又喜欢你的白。新郎大惊，你原来这么容易改变！新郎问：你不是说过，要改变，且待青石烂吗？新娘正待分说，忽然怔住，她听见奇怪的声音，这屋子怎会有另外一种声音，不该是人的声音，却分明是人弄出来的声音，难道这屋子里有第三个人？事件的最高潮是，床底下那孩子提高嗓门儿喊了一声"报告"！依照校规，他得先喊报告后跟老师说话，这天晚餐新郎大犒童子军，这孩子多吃了几块肥肉，这时他放过响屁之后要收不住肛门了。于是新郎新娘大笑，于是第二天全校的师生大笑，于是第三天全镇的父老大笑，百分之十笑那失风的窃听器，百分之九十笑那新婚之夜的对话，大家笑他们傻，笑他们说的什么话。

二十二

他们说的什么话？他们说的是情话。恋人啊，你们不但有情人眼，你们还有情人舌。人人会说话，世上无如说话难。人宁愿下棋，不愿谈话；人宁愿打牌，不愿谈话；打牌下棋等等活动都是为了避免谈话而发明而推广的。你可以和某人下棋打牌而无法与他对谈，你可以和某人一桌吃饭邻座看戏而无法与他谈上十分钟，有些夫妇同床共枕子女成行但是不能谈天，他们吵架的时间比谈天的时间多，或者他们用吵架的方式谈天。

　　谈天是思想对思想，气质对气质，情趣对情趣，爱情就这样抽丝剥茧谈出来。男女谈得来就是形势大好，谈得来就不用媒人，谈不来就难为月老。为政不在多言，恋爱必须多言，念了《易经》会占卦，谈了恋爱会说话，哈哈。多少人用语言赞美权势，多少人用语言赞美财富，历史悠久，产量丰富，重赏之下，必有勇夫，可是质量平庸，不见巧妇，只有赞美爱情大放异彩。爱情语言最精致，最有变化，以致赞美上帝歌颂君王的人也写成情诗来伪托暗寄，为什么？为的是有高水平的语言可以使用啊！

　　恋人啊，你们总是说得太多。我想起一幕短剧来，时间：夜晚。地点：客厅。人物：沙发上一对情侣。背景：音乐由收音机里放出来。对话：男先女后。你知道不知道我有多爱你？我不知道，你从没告诉我。我现在告诉你，我可以为你死。真的吗？怎么不真，我的心在这里。哎哟，我好感动哟！我好幸福哟！说到此处，音乐突然中断，播音员紧急通告，她说有一只老虎从动物园里跑出来了，它可能就在你门外走来走去，你务必把门窗关好，除非万不得已不要出门。她说警察和驯兽专家已出动捕虎，市民如果发现了老虎的踪迹，务必打电话通知警察局。女友听到此处忽生预感，她推开男友回身一看，老虎正汹汹然站在收音机旁。女子连声催促男子快打电话，可是电话机在收音机旁，老虎正在用鼻子去闻收音机，它大概不明白为什么这玩意儿有人声没有人味儿。女子见男子呆坐不动，不免又急又怒，你不是说可以为我死的吗？你怎么连打电话都不敢！

恋人啊，你总是说得太多。莎翁有云，每一句情话都是一笔负债。人在热恋中头脑晕眩，精神亢奋，自我膨胀，漫天许愿，那些愿多半不能还，好比鲜花香水不能当饭吃，好比领带手帕不能当衣穿。肖邦还对他的恋人说过，我死了，骨灰撒在地上，任你踏过。这话怎能实行，要是真那么办，女郎岂不要做一辈子噩梦。

爱情语言在语言中可以自成一类，好比开支票，票面金额常常超过存款。不是欺骗，他开支票的时候恍惚自以为家产亿万；也不能算是空头，因为持票人不去兑现。萧伯纳、爱因斯坦开票付款，收票人常常拿支票当书签用了，他觉得留着作纪念比存进银行好。情人的话是纪念品，没有价值，其实无价。爱情语言不一定有意义，要抽去了意义仍然值得享有，恋人从不说谎，只是力不从心。恋人说我上天摘颗星给你，你很高兴，但是别指望他一定把星摘下来，没有星你仍然很高兴，因为他有那份心意。记住，要事后落了空仍然值得高兴才行，把这个分寸交给天下有情人传诵吧。

情话是话中一绝，情书是书中一珍。情书有过它的黄金时代，情书扮演过重要的角色，而今见面方便，电话方便，手机短信方便，究竟还要不要写那文情并茂的信？某人说他当年天天写情书，结果成为作家,并未成为新郎。还有人说,天天写情书的后果是女朋友和邮差结了婚,这些话都俏皮到家了。

二十三

俏皮话只是开胃小菜,咱们得继续上正餐。于今学尚专精,什么都有人研究,研究要有数据,产生数据要量化,于是有人举出读信要消耗多少精力,听电话要消耗多少精力,看图画要消耗多少精力,当面交谈要消耗多少精力,比较一下,阅读文章最累人。现在是我写文章,您读文章,我总是想办法让文章的节奏活泼一点,修辞花巧一点,材料生动一点,篇章短小一点,希望您在阅读的时候省些力气,多些趣味。有人批评我入旁门,离正典,染江湖习气,我也顾不得了。

美国人比咱们更不喜欢写信,不仅是电话方便,也怕留下凭据,要负责任,他们好讼,处处提防别人告状。现在电话录音也是手指头按一下就成,但是法律禁止擅自录音,法庭对违法得来的证据拒绝采信。如果一切条件不变,长此以往,也许有一天信和结绳一样,失传了事。情书是恋爱的文献,恋爱纵然成功,数十年后,花前月下皆成无凭春梦,那时若有一叠情书倚窗共读,嫣然笑意回到脸上,盎然春意来自胸中,岂不分外甘美。须知如花美眷,最怕那似水流年，无情光阴会毁坏许多东西，但另一方面，时间也能化平凡为神奇，时间向我们攫夺，我们无可如何，时间帮我们蓄聚酿造，我们不要错过。年轻时不要只想往银行里存钱，所谓为将来打算，意义岂止如此？

情书上不仅有情感，还有墨宝，墨宝上有气质、性情、心境。情书上还有邮票邮戳，那是美术品，也是风土志，它代表时代风尚、艺术潮流、个人趣味，有满匣情书你就有一座爱情博物馆。金婚纪念日若是没有情书可看，真要赤金变黄铜了。古人说书信是千年面目，容我说书信也是千里面目，匆匆作复，爽快机智，如抛鲜果，从容写信，醇厚周到，如奉陈酿。

中国人一向敬惜文字，相传鬼为夜哭，天为雨粟。文房四宝都是文化的圣杯魔戒。临池弄笔，他写得比他想的要高尚，比他说的要干净，写是一种修持，修持中有觉悟，觉悟中有升华，所以说写情书的孩子不会变坏。战争可能使人变坏，赌博可能使人变坏，身入官衙争权夺势可能使人变坏，正如唱到高音，有些人的声带就哑了。

我想起当年那种日夜不停的长途行军，连续三日之后，问题来了：有人说我的脚脖子很痛很痛，我走不快了；有人说我的骨盆很痛很痛，我走不动了；有人说我发烧，我头晕，我的眼睛睁不开了。为什么各有各的毛病呢？因为各有各的弱点，有人腿骨关节不好，有人肺功能不好，有人平衡神经不好，平时弱点潜伏在那儿，严厉的考验把它逼了出来。我想起新车造好了，先要送到试验场去飞驰两个小时，那里有特别的设计，马力开到极限，车子的哪一部分有弱点清清楚楚，车子的优点也清清楚楚。

为什么说到这些？因为恋爱是对人严峻的考验，人在恋爱中把一切能力发挥到顶点，恋爱使人的优缺点总暴露，无勇的人必在恋爱中显出他的怯懦，无德的人必在恋爱中显出他的卑鄙，如果恋爱还不能激发他的优秀的质量，他可能根本就没有那些质量。人在恋爱中无勇可能终生无勇，人在恋爱中无德可能终生无德，热带鱼若在恋爱中不通体光亮，那么到何时发光！

二十四

如果人在恋爱中也变成发光体，将成一番何等景象！譬如说，一对情人望之如两只合抱粗细的日光灯，周末假日，情侣满街，连路灯也可以停电了。爱情骗子再也无法伪装，不合法的恋情再也无法隐藏，梁山伯祝英台的剧情，从"十八相送"起就得大幅修改，红拂大概也不必夜奔。你想想看，恋爱的行为怎么进行，黑箱子式的咖啡馆大概要关门了吧。

想当年3岁、5岁的时候何等怕黑，长大了恋爱时偏又爱黑，大家照公式办事，手拉手找黑屋子。某小姐自思自叹，说是一想起男朋友来就觉得满眼漆黑。孩子长大了不怕黑，父母年纪大了却又返老还童，二老一想到黑就坐立不安，于是规定女儿在自家客厅里接见男友。这种家庭多半房子大，人口少，沙发舒适，清茶和点心都上等，项项比咖啡馆强，当然灯光也比咖啡馆明亮得多了。

客厅里能发生爱情吗？能！连监狱里都能，连铁丝网里都能，一草一木都有爱情，一饮一啄都有爱情。教授问学生什么地方不能发生爱情，他看完答案之后宣布，只有一个人答对了，答案是在走动的秒针尖上。

有人在结婚以后才知道对方一旦情绪激动就昏倒在地，他们是在客厅里培养爱情，客厅里的音乐和灯光很柔和，狗猫驯服。有人是结婚以后才知道对方有高楼过敏症，他的职业不错，可是他必须辞职，因为他那个公司扩充业务，搬到大厦二十楼去了。他换了一家公司，这家公司生意越做越大，他的薪水越加越多，可是公司搬入新大厦的第三十层，他又失业了。他们是在客厅里培养爱情，那客厅设在地下室，客厅是个金鱼缸，波平如镜，看不出对方在风浪中怎样撑船。

恋人哪，打破黑箱子吧，跳出金鱼缸吧，可不可以创造一个方式，可不可以一同去"生命线"用电话听人诉苦求助，可不可以一同去参加合唱团巡回义演，选举年来了，可不可以去找一个你们合意的候选人，一同去为他助选。来，手拉手，穿越人群的八阵图，在日光下寻找新事，共同承担失败，分享成功，以一块土壤使爱情生根。

恋爱恋爱，虽曰天命，岂非人事哉！恋爱恋爱，虽曰人事，岂非天命哉！自古皆有死，据说死后都要在阴曹地府受审，据说阎王必定盘问每个人有没有谈过恋爱，凡是生前没谈过恋爱的人都挨一顿板子。有人生下来屁股上带着一块胎记，这种人在阎王那里挨过板子，他今生谈起恋爱来最热烈最认真，他有了爱情连阎王也不怕。人将恋爱，最好拐弯抹角打听打听对方有这块胎记没有，如果他有，你可要小心了。当然这是迷信，文明人也需要迷信，迷信是文明生活的点缀和调剂，迷信使文明人觉得自己比他们的祖先优越，同时又不敢过分妄自尊大。

世上哪种人最迷信？有人说渔民，有人说赌徒。渔民不能控制风云，赌徒不能控制点数。可是恋爱呢，谁能控制爱情呢？能控制的爱情不是爱情，能控制的爱情是奴化了的爱情。写情诗的人说他把自己完全押在孤注上了，他说他希望输，希望输得干干净净。输比赢难，当你输得干干净净的时候，他也输得干干净净，你完全输给了他，所以他之中有你，他也完全输给了你，所以你之中有他，除非天造地设，人间怎会有这样的赌局。

写情诗的人说，情人的眼波如海，情人的眼球转动成潮汐，恋人在惊涛骇浪中过日子，海水可能把他渡到彼岸，也可能把他淹死。世上有吃喝嫖赌的渔夫，哪有呵神骂佛的渔夫；世上有不敬公婆的渔妇，哪有不敬妈祖的渔妇；世上有信仰无神论的恋人没有？人在未恋爱前可以无神，人在爱情破灭后可以无神，人在真正的恋爱中是有神论者，他看见"冥冥之中"四个字肃然起敬，看见"前生来世"四个字心向往之。

二十五

想起赌博，说来话多。赌徒进场时都自信能赢，可是古来赌徒几人赢？据说八仙聚赌，八家全输，唯一的赢家是那个坐在局外抽头儿的。赌害无穷，前车覆，后车鉴，世上应该早已没人赌博了才是，何以不然呢？说来只有鬼神知道，怎么搞的，生手初次玩牌，总是糊里糊涂赢钱，他这时经验根本没有，技术失三落四，却一把一把好牌，歪打歪着，正打正着，既出风头，又吃甜头，同桌老手不敢争锋，旁观者喟然叹曰：这是赌神菩萨要收徒弟了！眼睁睁有一个人势将逐步沉沦，万死不辞，成为赌神手下之一鬼。此人日后万念俱灰，不感无觉，空荡荡如一副衣裳架子，只是想起赌来有一丝甜蜜，一刻荣宠，一片希望，一点感激。

你看那些恋爱的人啊，他们有过初恋，初恋好美好美，至少是事后越想越美，初恋好甜好甜，至少是事后越想越甜，那恐怕就是爱神收徒弟吧！初恋多半没有结果，以后还要再恋爱，初恋再版，初恋变奏，初恋增补，誓死不悔，誓死不厌。若是初恋一下子就教他吃足苦头吓破胆，以后还会有这些麻烦与丰富吗！

　　冥冥中似乎有个设计师吧，经他安排，初恋是启蒙，是发源。可是天意难测，初恋也是陷阱，是戕害。据说人死后到阴曹地府受审，阎王先问他有几个儿女，儿女现年几岁，儿女谈恋爱的时候，你们做父母的干什么去了？儿女痛哭长夜的时候，你们在干什么？男孩女孩半夜灌酒的时候，你们在干什么？当女朋友受人欺负、男孩子向帮派老大求援的时候，你们在干什么？当女孩子面无血色、向妇产科医生求诊的时候，你们在干什么？阎王发话如雷，父母听话如梦，原来孩子有过这般绝境难关，我们怎么一点儿也不知道，那天我们打牌去了，那天上司的太太主持园游会，我们跟着鞠躬哈腰去了，那天我在银行加班清理一毛一张的废钞，那天我的好朋友第四次结婚，他说如果我不去担任总招待，那就永远绝交。那些日子我们手酸、腰酸、腿酸、口酸、心也酸，我们什么也不知道，连阎王都知道了，连亲朋都知道了，可是我们实在不知道。

　　好吧，阎王下命令，判官查法条，牛头马面负责执行，这人的灵魂在阴间不许睡觉。那睡眠不足的苦，那困了不准入睡的苦，比黄连还要苦十分，饿死的人饿断了肠子，累死的人累断了筋骨，困死的人那是每一根神经都断了。所以天下父母在世之日爱吃镇静剂、安眠药，一旦风闻子女坠入爱河就夜夜吃药，现在多睡一会儿，将来在阎王殿上多熬一会儿。唉，唉，初恋的内容也有这些。

有些灵魂很年轻，他们不幸在爱河里淹死了，阎王怎样盘问他们呢？你是什么时候恋爱的？你是什么时候出麻烦的？你是为什么万念俱灰痛不欲生的？你为什么事先不和父母商量？你事后为什么不让父母知道？你为什么跟父母争吵、跟家庭决裂？阎王怎样批改这些答案呢？有考试就有枪手，年轻的灵魂哪，我丢一个小纸团儿给你，爱情是一个理想国，国中只有王和后，没有臣民，没有国会。自从恋爱自由之道大行，做父母的真是恶名昭彰。父母若说一句话，子女立刻想起十个故事，个个故事都是家庭专制，爱情破碎，涕泪满裳，脍炙人口。尽管今天的社会已不产生那样的故事，那些故事却广泛流传，深入人心，父母好像是子女爱情的天敌，天下父母身经百年的口诛笔伐，还能剩下多少自信呢？

二十六

儿女恋爱的时候，父母还有多少发言权呢？母亲坐在床边对女儿轻声细语，妈很高兴，听说你有了男朋友，他是谁？妈认识不认识？良久，女儿才说我不告诉你，为什么不能告诉妈呢？因为你一定会反对。为什么我会反对？你怎么知道我会反对？小说里是这么说的，电影里是这么演的，报纸上是这样登的，这女孩吓破了胆。

天下子女心，从未想到父母也需要同情，需要了解，从未想到父母也会成人之美，更未想过父母可能旁观者清。想想看这年代谁肯管闲事，台北政治大学有一个社团，他们做过一次实验，他们在深夜两点来到景美的住宅区，让一个女同学独自站在街上狂喊救命，她喊了十分钟，没有任何一家打开电灯，更没有任何一家打开窗户。事不关己，高高挂起，枪打出头鸟，古有明训。那个初恋的女孩如果知道有这么一个实验，她跟母亲的谈话应该不是那样的内容。

恋爱这档子事说不定哪天也会喊救命，有个父亲母亲伸过头来瞧瞧问问也是福气。想当年有些父母错了，有人拿子女婚姻当商品，有人拿子女婚姻当政治筹码，有人拿子女婚姻当人情酬庸，那一辈恋爱先烈矫枉过正，不计后果。俱往矣，此一时也，彼一时也，今人不必再照他们的本子办事，今之青年不必再强化那样的革命意识、反叛精神。我们无须对胖子提倡吃牛油，我们也无须对今天要出门的人提供昨天的气象报告。

当然天下之大一言难定，如果还有买卖婚姻、政治婚姻，如果还有人为恩为义指腹为婚，恋爱自由这面大旗还是得祭起来，乡党邻里亲戚朋友都有热闹可看、有故事可听，天下有情人都有热血可沸腾、有呼喊可共鸣，也许又弄得旌旗蔽空矫枉过正，所以天下父母啊也要自重。

天下父母念过《孟子》吧："丈夫生而愿为之有室，女子生而愿为之有家。"念过《少年维特之烦恼》吧："哪个少女不怀春，哪个少男不多情。"看过李笠翁的《合影楼》没有，笠翁小说《十二楼》中的第一楼，富贵之家，深宅大院，两家比邻，各有子女。为了防范男孩女孩接近，想尽种种办法，可是所有的办法最后都失败了。小说里有一个大水池，水把两家隔开，水池上有一堵高墙，墙又把水池隔开，可是墙下水上有空隙，这家的男孩就从空隙里看邻家女孩映在水中的影子，那家的女孩也从空隙里看邻家男孩映在水中的影子。男孩故意站在墙下池边，把自己的影子映给隔墙的女孩看，女孩也故意站在墙下池边，把自己的影子映给隔墙的男孩看。结果看出爱情，看出纠葛，看成了婚姻。年轻人要恋爱，墙挡不住，水隔不开，防范无用，恐吓无用，立法、司法、考试、监察都不生效。

有些父母以为恋爱是孩子唱歌、他作曲，有些父母以为爱情是电灯开关，他一按就亮，再一按就灭。错了错了，爱情莫之为而为，莫之至而至，爱情行其所不得不行，止其所不得不止，深闺似海都不能禁止，恋爱男女授受不亲都不能禁止，父叫子死不得不死都无法禁止，现在你凭什么！你只有因之顺之，祝之成之，然后哭之笑之。可惜天下父母不这么想，父母是最看不破、看不开的一种人，他明明知道子女爱情是一颗炸弹，竟想亲自动手把信管拆掉，把炸药倒出来。

二十七

　　爱情能使两代之间的矛盾激化，儿女借爱情向父母表示自己长大了。母亲瞧着女儿渐渐长大，女儿一天比一天爱想、爱笑、爱换衣服、爱对爸爸撒娇，电话一天比一天多，母亲拿起话筒一听，那头多半是个男孩。母亲越瞧越爱，越爱越愁，女儿这么天真活泼，难保有一天不上当受骗。好容易有一天找到机会，母亲对女儿侃侃而谈，谈到她从前认识的一些女孩子，那些女孩子又好又聪明，聪明的女孩子轻易不肯和男孩子单独在一起，偶然有单独相处的时候，她总是把两臂抱在胸前，男孩子若来抱她，她就抬起两肘，以臂护胸，肘关节向外成锐角，抵在男孩子的肋骨上，男孩子胸肌疼痛，马上意兴索然。如果是并排坐在咖啡馆里，女孩子手上总是拿着半杯汽水，若是男孩子不规矩，她就装作失了手，把汽水倒在他衬衫上，自己连忙站起来，当然要说两声对不起，男孩子忙着擦衣服，这就解了围。母亲谈得诲人不倦，女儿听得微笑入神。母亲干脆取下发夹，拿在手中，她说必要的时候这东西也很有用，他若手脚不老实，你就用这东西刺他，看来像是慌慌张张，无意中刺着了他，其实你是有意。女儿听到这里扑哧笑出声来，妈妈你是不是从前认识很多舞女，书本上说舞女都会这一套招数。

从前妈妈的知识比女儿多，现在女儿的知识比妈妈多。人做了妈妈，多半就不大看书了，可是新书不停地出版，书是商品，生产商品要先做市场调查，从前是父母买书给女儿看，现在是女儿自己买书看。从前的《女儿经》下笔考虑父母的处境，现在的《女儿经》下笔考虑儿女的趣味。现代儿女是要恋爱的呀，恋爱这档子事儿麻烦得很啊，现代的梁鸿、孟光也不能再相敬如宾，现代孔子也不能温良恭俭让。销路最好的《女儿经》是最开放的女儿经，最开放的女儿经百无禁忌，正常的男孩加正常的女孩，他们的行为都是正常的。所以一切不必说，一切又偏偏都说出来，所以女孩爱看，连男孩也爱看。男孩看完了送给女孩，下次见面，男孩问女孩看了没有，女孩一仰脸一甩头发说"没看"。这话不算数，等一会儿进了黑屋子，男孩就知道她看过了。怎么办，潮流乱，不叫我看偏要看，耶稣说了也不算，爹娘说了更不算。

到目前为止，《圣经》仍然是世界销路很大的书。哈利路亚，我们还没有在马路旁边的垃圾桶里看见新约旧约，我听见一个人说，哪一天他看见垃圾桶里有《圣经》，他那天自杀。我听见另一个人说，我不自杀，我改行贩卖新版的《女儿经》。不瞒您说，我这篇意识流本是一个小册子，书店根据他们的经验提出建议，书中有一处说，女孩夜晚出外赴约，一定要在子夜十二时之前回家，这段话难讨今天青少年的欢心，书店劝我删去。我不删，到现在也还是没删。

有位教士在报上主持感情信箱，女孩写信提出一个难题。女孩今年17岁，有个男朋友，两人感情好极了，好到可以做那件事了，他提出要求来，我可怎么好，我心里很害怕，我不愿意失去他。教士的答案是你无论如何不能答应，你马上减少你们约会的次数，当你们在一起的时候你不要软弱，如果他不老实你就提议散步，如果散步时他不老实你就回家，如果你因此失去他，那就失去好了，因为你即使答应了，最后还是要失去。凡是用灵性维系不住的，用肉欲也维系不住；凡是用理想维系不住的，用现实也维系不住。前辈教士到南洋去，谁来听讲他发给谁一支香烟，于是教堂变成吸烟室，于是他必须在一根香烟抽完之前结束证道，因为香烟抽完之后人也散了。后来他停止发烟，听讲的人也就绝足不来。你猜怎么样，几天以后，主持人收到一封信，信中大骂主持人是坏蛋，现在的女孩子已经比泥鳅还滑，你怎么还教他们这些坏招，你处处给我们作对，难道不怕挨刀子。

二十八

现代的教士比前代的教士少一分神性,多一分人性,在教众心目中平易近人,布道之余,有时可以闲话家常。有一天他把主持服务信箱的经验聊出来,家有少女的女信徒听得面无人色,家无少女的男信徒听得津津有味。一位太太很激动,她说原来今天的男孩子这么莽撞、这么勇敢,当年的男孩子多么胆小、多么斯文,可是当年已经有许多女孩未婚失身了。

当年我那"红楼隔雨相望冷"的女邻居说,这年头谁还敢养女儿!养女儿本来比养儿子有趣,生男如种树,生女如种花,树不怕虫咬,花怕人摘。生男如赏雨,生女如赏雪,雨过天晴心无窒碍,软琼碎玉却禁不起糟蹋。在那寂寞的16岁,尴尬的17岁,危险的18岁,为了儿子,父母的头发慢慢变白,为了女儿,父母的头发快快变白。春秋佳日如果一夜未归的是儿子,父母的血压是一百七十毫米汞柱,如果一夜未归的是女儿,父母的血压是一百九十毫米汞柱。如果肉票是男孩,绑匪开价两百万,父母还想讨价还价;如果肉票是女孩,绑匪开价四百万,父母连声答应照付。我那豪爽的芳邻说,如果警察检查少年舞会,如果发现一群未成年的男女吸毒,如果其中有她的孩子,她宁愿是她的儿子,不愿是她的女儿;假设儿女因情私奔,她宁愿儿子带着一个大肚子女孩羞答答地回来,她不愿女儿挺着大肚子哭啼啼地回来。

做父母多难啊,做女儿的父母更难。母亲是强者,女孩的母亲是最强者,她必须什么都能做,或者什么都能不做,然后承担后果。今天的母亲对女儿又能管得了多少呢,由必须由弟弟陪同赴约退到只许白天有约,由必须白天赴约退到夜晚十二点以前必须回家,由必须子夜以前回家退到不可在外面过夜,由不准在外面过夜退到必须住在某同学家中并由那同学来电话证明。

现代父母不过是儿女的橡皮图章罢了,有些母亲热泪滔滔地望着女儿去谈恋爱,这泪代表快乐,千辛万苦总算把女儿抚养大了;这泪也代表痛苦,眼看女儿从此踏上人生长途,人生冒险自恋爱始,此去如披荆斩棘、赴汤蹈火。可是女儿哪里明白,女儿只知道恋爱需要自由。啊,子女要自由,父母要安全;子女激进,父母保守;子女如酒,父母如水;子女如推进器,父母如刹车。

激进者是需要保守者来调剂、来平衡的,我当年做大兵学会许多事情,我记得长官总是派两个人一同出勤,其中一个胆大,另一个心细,使他们互相补足。恋爱舍己,父母为己,恋爱是两个人只有一块饼干,男孩吃了女孩可以不饿,女孩吃了男孩也可以不饿,父母则希望他们有两块饼干。恋爱的人只记得王子一吻、公主从沉睡中苏醒,父母则记得有人当街一吻、猛力回头,糊里糊涂撞上了汽车。恋爱是一场只求输不求赢的豪赌,子女孤注一掷,父母悄悄拿下一叠筹码来。这是老天派给父母的角色，谁将来做了父母都是一样。

我来作证，谁做了父母都是一样。有些人在30年前反抗父母，30年后忽然惊觉，我怎么跟我父母一模一样了？世上有老生就有常谈，老生常谈在世上循环出现，永远不死，男孩女孩得以少犯九州大错，少吃弥天大亏，男孩女孩各有因缘，各凭造化，水到渠成以后，花明柳暗以后，鱼死网破之后，以及什么什么以后，再徘徊沉吟，想想那些老顽固老腐败怎么说，谁做子女也都一样。

二十九

"人生代代无穷已，江月年年望相似。"男恋女爱是一场永不闭幕的连续剧，情节陈陈相因，长剧漫漫，令人昏昏欲睡，只有轮到自己演出时兴奋发烧，然后轮到儿女演出时提心吊胆。恋爱毕竟不是结婚，男女之间的十二段接触究竟如何才恰到好处？母亲对女儿说，无论如何，最后的接触要留给结婚，否则结婚还有多少新意呢。母亲拿出《创世记》来，当年亚当、夏娃是裸体的，后来他们吃了智慧之果，才把树叶编起来围在身上，可见穿着衣服是比较聪明些。女儿说，我今年18岁了，我可以决定谁来治理国家了，难道我还不能决定自己穿衣服还是脱衣服？啊，不能不能，选一个人治理国家是常事，万一选错了，下次另选一个，一切可以重新开始。选一个男人为他脱衣服是非常之事，万一选错了，不能还原，生理的变化不能还原，心理的创伤不能还原。这不是买衣服，你买来不喜欢可以搁在一旁不穿；这不是买冰箱，买来不合用你可以退货；这不是买古玩，你买来之后可以转卖。

就算买古董吧，我有一个喜欢收藏古董的朋友，他说他经常在古董市场出入，他说他有时会忽然看见心爱的东西，他去观赏它，抚摩它，他感到一阵轻微的晕眩，这时他决不出价，直到他清醒了，镇定了，也精明了，他才慢慢地谈生意。

不是说性就是性而已嘛，性不过是好像吃点心嘛，这是谁说的？这是18岁的人说的吗？这是说给18岁的人听的吗？如果你30岁，我无意见，也许你的医生有意见，你的牧师有意见，并不是天下人都没有意见，可是你才18岁，天下的人都有意见。

性不是吃点心，性是打结。人生在世要打各种结，天下人为打结忙，天下人为解结忙，有时自己打结自己解，有时自己打结别人解，有时解别人打的结，父母决不打一个死结交给子女，子女也别打一个死结交给父母，你我他更不可打个死结给自己。死结谁肯来解呢？你请麻姑用她的长爪来解，她不来；你请亚历力山大用他的长剑来解，他不来。你得学习遗忘，你得任它自己腐烂。打结用的材料可不是容易烂掉的哟，你想消化消化这样的甜点，要有钢肠铁胃。

我看见一个女孩打了死结，我又看见一个男孩对她充满了爱怜，我觉得那英俊的男子完全被死结感动了，倘若没有死结人生反而索然无味，那男子好像是为那女孩解结而生，他解死结如同解开礼盒上的缎带。你猜我在哪里见到这样的人？告诉你，在电视上。电视剧的编导为那女孩创造了一个解结人，并且让死结给那女孩带来意外的幸福。可惜世上没有这样的人，即使有一个，我们也遇不着。被爱的条件是自爱，自爱的人不点自己扑不灭的火，不打自己解不开的结。

要怎样避免死结呢，谁又立志要打个死结呢？有一个说法，死结不是受害人自己打的，每个死结后面有个坏人，人有追求幸福的权利，你不必拒绝所有的人，只要能防范坏人。好人坏人如何分辨呢？古人说天知道，可是天从不说话，有人说父母知道，可是父母对每一个男生都不放心。想那身为父母，眼看女儿出落得如兰似荷，今天有个傻大个儿找上门来，明天有个鬼机灵在巷口等着，那些家伙到底是何等样人呢？女儿那点儿智慧猜灯谜有余，猜人心不足，等那小子黏得牢贴得紧，女儿挣也挣不脱甩也甩不掉，等女儿糊糊涂涂做了小母亲，那男子身旁忽然冒出来明媒正娶的发妻！那男子这么坏，怎么事先半点也看不出来！对了，坏人是事先看不出来的，越坏越难发现他坏。怎么办呢？

怎么办呢？全世界的人都烦恼，据说有一个国家的人，他们个个头上顶着一团气，坏人顶上有黑气，好人顶上有红气、黄气、蓝气、紫气，他起心动念，你老远一望可知。另外有一个国家更方便，全国人民的胸腔都是透明的，你可以看见他的心在跳，服装设计师一定要把每个人的心露出来，平常人心是红的，在他打坏主意的时候心就变成了黑色。这两个国家在哪里？

如果真有这样两个理想国，你想不想办移民？有人说不然不然，人幸亏无法看透别人，知人知面不知心，才有安定祥和，否则那还得了，我知道你明天要杀我，我岂不在今天先动手杀你，你知道我今天要杀你，你岂不在昨天就杀了我，人群如何能成社会国家！如今社会国家是结成了，可是你叫女孩男孩怎么办？

三十

知人知面不知心，女孩男孩怎么办？相面的先生说他有办法，鹰钩鼻是坏人，下巴往里缩是坏人，耳朵的位置太靠近后脑是坏人。可是现代学者说这不行，这叫生理歧视，法律禁止。古之君子也说这不行，看人不能光看下巴耳朵，各器官各肢体相生相克，加减乘除再下结论。这一门功课难修，学会相面再谈恋爱，早变成老处女了。

人相学之外还有字相学，据说笔画瘦硬如枯藤而人无福，有人一行字写下来，一个比一个小，整行看像一条老鼠尾巴，据说这样的人无恒无成。一行一行写下去，写满了一张纸，每行的第一个字比前面一行的第一个字低一点，一行一行逐渐向下斜去，这样的人不能乘风破浪逆流而上。果真如此，世上只有书法家才配谈恋爱，天下岂有此理。

级任导师说，那么你就制一张表吧，他每星期花多少时间看书，是看与自己专业有关的书，还是看消磨时间的闲书？他一星期说几个笑话，有挖苦穷人的笑话吗？有讽刺权贵的笑话吗？有性爱猥亵的笑话吗？他每星期花多少时间和朋友聚会，他们在一起做什么，喝酒吗？打桥牌吗？爬山？你们每星期见几次面，每次见面谈多少话，他用多少时间谈自己的需要，用多少时间关怀你的需要，用多少时间谈公众利益？……还有，他每星期花多少时间写信。

这张表可长可短，最长包罗一百多项，你每星期做记录，每三个月做一次统计。你本来觉得他很文静，可是统计数字告诉你不然，他的时间都用在喝酒打牌看闲书。你本来觉得他口才不错，可是统计数字告诉你慢着，他谈的都是自己的骄傲和朋友的隐私。这是谈恋爱吗？这好像是做人事室主任了，那小妹妹才几岁，她怎么办得到。

有人说，那就看电视吧。小妹妹小弟弟年纪不大，电视节目倒是看了不少，电视可以兴观群怨，迩之恋爱，远之处世，多识善恶邪正气质性情。一样米养百样人，秀才不出门，能观天下人，电视把这百样人、千样人一一送到你的面前，有好人有坏人，有不好不坏的人，有也好也坏的人，有偶尔行善的恶人，有忽然作恶的善人。在电视屏幕上，男女老幼富贵贫贱东西南北轮流出现，电视的特写照得他们连眼角极细的皱纹都无法隐瞒，没有电视，你看人怎能如此方便，没有电视，你看人怎能如此放肆大胆。

看人要注意他哪个部分呢？有人特别注意化妆发型，有人特别注意服装首饰，有人特别注意脖子乳壕，他们也许是美容师，或者是服装设计师，也许是登徒子，也许是人体画家，由他们去看，各取所需。你要特别学会看人的脸，你看人脸如飞机驾驶员看他眼前的仪表盘，某一个仪表告诉他外面的气流如何，某一个仪器告诉他舱内空气的压力如何，某一个仪表告诉他油箱漏油，某一个仪表告诉他前轮放不下来。他看不见气流也看不见前轮，他看得见仪表，他知道怎样读仪表，于是所有的看不见都看见了，所有的不可知都知道了。脸是人的仪表，电视教我们怎样读它，能读人脸就能知人品人心。

看电视当然要看电视剧，电视剧的导演都是读人脸的专家，他知道找一个长得什么模样的来演坏蛋。坏人的相貌当然也有形形色色，但是小异之处有大同，导演在大同之中量材施用。反派演员并不一定是坏人，他们平常待人接物反而特别好，他要纠正人们看他演戏存留下来的印象。可是他们在戏里该多坏就有多坏，如果他不够坏，化妆师来帮他的忙，如果还不够坏，导演会教他的声调、眼神、站姿、坐相，坏人要隐藏要掩饰的小节，都在他身上发扬光大。

日积月累，你看过这么多的标本模型、沙盘演习，坏人就没有那么神秘了，你在实际生活中逐步印证，你看见他的眼珠那么一转，你就知道他要骗你了，还有他的声调怎么样，你就知道他心虚了，还有他的手指头怎么样，你就知道他整夜赌博了。慢慢学，慢慢活，你有的是时间。小妹妹知道她还年轻就好了，那就每一件事都不要太急，小妹妹知道她辨别力判断力都很低那就好了，她可以虚心学习。

三十一

观人也像识字一样，认识《康熙字典》上那些僻字古字很难，认识常用字不难。观人也像作文一样，做大文豪很难，做到文从字顺并不难。两男一女同行，你总该能够看出来那女孩是哪一个男孩的女朋友，三个男人同桌吃饭，你总该能够看出来谁是老板谁是雇员。歌唱要开始了，鼓手突然击鼓，你吓了一跳，可是你旁边一个人同时眼皮往上一翻,你该看出来那是个行家。鼓手是个女孩,急急忙忙赶来,学校的制服反过来穿在身上,上了台才匆匆加一件罩袍,你该想到她是苦学工读,放学后急急忙忙赶场,还要掩人耳目。这次表演的台柱是一个女歌手,不年轻了,还得浓妆艳抹,还得袒胸露背。看出来了没有,歌手是鼓手的母亲,她俩的默契是超职业的。唱完了,有人鼓掌怪声叫好,提琴手忽然狠狠地向那个角落看了一眼,莫非他是歌手的丈夫?那么这一家人都在这里了?

　　观人于微,或生而知之,或学而知之,或困而学之,每一件事都不要太急。男孩子总是比女孩子心急,男孩子说一切为了爱,因为我太爱你,所以我急死了,因为我太爱你,所以我不能等了。他这话是真的还是假的呢?管他是真是假!孔子曰"无欲速",你不要顺着急湍流下。恋人可以小错不断但是大错不犯,追求爱情和追求功名利禄不同,追求功名利禄的人向上走走不通就往下走,追求爱情的人向下走走不通就往上走。社会学者说女子使社会进步,女子选择男子、拒绝男子、淘汰男子,男子因之发愤图强力争上游。真正的爱情是深情与自制并存的,是热烈的欲望与明净的升华并存的,那优美的一面是在挫折中砥砺而成的。

　　有些人来不及写情书、急于见面,见了面来不及谈话、急于接吻,甚至连接吻也来不及,然后是下一次急于见面。这种人每天生活在急躁和麻醉的循环中,他总是饥渴,总是焦灼,这就活得太没有灵气。没有"灵"还剩下什么呢，如果你手中握有一粒黄豆一粒豌豆，如果黄豆遗失了，你手中剩下的是什么？如果你钱包中有一枚金圆一枚银圆，如果金圆遗失了，钱包中剩下的是什么？婚姻是灵肉一致，恋爱是由灵到肉，灵肉一致乃是以灵为基本，灵能维系肉，肉不能维系灵，没有灵的恋爱造成没有灵的婚姻，没有灵的婚姻是什么样的婚姻呢？！

我认识一个男子，他誓死要娶某女，过了没几年，他又誓死要与妻子离婚。请问既有今日，何必当初？原来妻子因乳癌动了手术，他不能忍受只有一个乳房的肉体。外形容易改变也容易引起厌倦，必须加上心灵的吸引，必须以心灵带着肉体走。如果男孩的灵带不动他的肉体，他需要帮助，有时候女孩的拒绝也是对他的一大帮助。

男孩啊男孩，你是攻击者，你是企图征服者，你不反对两点之下顺势直下，但你一定也明白好女孩有自卫本能，好女孩能在最后关头突然清醒。你正需要这样的女孩，你受阻，你停止，你退让，你反省，你迂回，你升华，恋爱这才有滋味，恋爱这才有境界，这才是你需要的恋爱啊！这也是"你"需要的恋爱，这样的男孩绝不是坏人。她说我有过这样一个男孩，可是他出国了，他跟洋妞儿结婚了。他说我也有过这样一个女孩，可是她再也不接我的电话，不回我的信了！那么你是失恋了？让我们来正确对待失恋。我们都不希望它发生,可是想想看,它怎么能永不发生?老天在上,这是自由恋爱啊!如果把失恋排除在外,自由恋爱还剩下多少内容呢?恋爱神圣是不错,并不是爱上了就不能改,倘若不能选择,不能改变,与旧式婚姻又有多大分别?我们不是讴歌自由恋爱吗?不是为了自由恋爱而呐喊而奋斗吗?难道忘了自由恋爱会制造失恋吗?难道不明白没有失恋就无所谓自由吗?!生乎今之世,不谈恋爱不甘心,谈恋爱而绝不失恋又不可能。那就缠缠绵绵恋爱,慷慷慨慨失恋好了;那就轰轰烈烈恋爱,斯斯文文失恋好了;那就醉着恋爱,醒着失恋好了;那就把脸刮干净去恋爱,把胡子留起来失恋好了!

三十二

热肠恋爱,冷眼失恋,这一冷一热叫人受不了。受不了也得受,受得了是人杰,受不了是人渣。某年某月某一天,灯下茶余几个好青年谈到失恋肠欲断,这"失恋"两个字一出口,每个人的脸变白、变绿、变青灰,室内顿时阴气袭人。甲说我情愿失业也不愿失恋,乙说我情愿失学也不愿失恋,丙说我情愿失去一条腿也不愿失恋。唯有丁说我不怕失恋,我愿意替你们每一个人失恋。这话听来义薄云天,大家却越想越不是滋味,如果失恋由他包办,恋爱也得由他包办,他得先替每一个人恋爱,这不行,为了怕失恋连恋爱也免了,岂不真个成了连婴儿加洗澡水一起从澡盆里倒出去嘛!

　　换个角度吧,恋爱是一种学习,失恋也是一种学习,古人说未有学养子而后嫁者也,现在有了。前人说有未有学失恋而后恋爱者也,现在也有了。听说过吗?恋爱学校,失恋应该也是其中一门重要的功课。不要怕,只要学,失恋是一种转换,他换了饮料,本来喝牛奶,现在喝酒。他换了一副眼镜,以前用粉红色镜片,现在用灰色镜片。他也换了另一套神经,以前是共饮长江水就可以感到对方的温柔,现在他来到那棵大树之下,树干上刻着一条横线,那是她的身高,那时她笔直地倚树而立,树亭亭人也亭亭,他说他有一个最简易的方法为她雕像。而今人面不见,他拥抱那树,他的脸在树皮上摩擦,竟不知道擦破了脸皮。不能说他看电影换了一部影片,可以说她演电影换了一个剧本。

　　他/她也换了一套语言。记得某甲问某乙到哪里去,某乙正要到某校去演讲,讲什么呢,题目是谈爱情。某甲立时严肃起来,他问老兄可会有失恋的经验,没失恋过的人不配谈爱情,所谈必定失之肤浅。某乙立刻诙谐起来,他猜某甲定是伤心人别有怀抱,那么失恋过的人也不宜谈论爱情,所谈必定失之偏激。看恋爱是看前台,看失恋是看后台,看恋爱是看对方盛装,看失恋是看对方卸妆。人在恋爱中说一套语言,人在失恋后说另一套语言;人在得意时说一套语言,人在失意时说另一套语言;发大财的人说一套语言,做乞丐的人说一套语言。

正在恋爱的人和刚刚失恋的人是不能谈天的啊,他在爱河里几乎灭顶,他被救生员捞上来施行人工呼吸,他恢复了呼吸却换了人生观。如果你的好朋友失恋了,你得重新了解他,失恋是乾坤大挪移。爱情萌发于丘比特的一箭,这一箭是使恋人自己滴血,并非使对方滴血,也许双方情浓意蜜时如此,一旦恩断义绝,就要把那支箭拔出来互相刺杀。

恨和爱哪个力量大呢?教科书都说爱是冠军,为了世道人心,我无异议,可是实然呢?做人做到大仁大义,毫无疑问是"爱"字挂帅,若是不成正果呢?芸芸众生贪嗔爱痴,由爱生恨易,由恨转爱难,爱恨之间的距离如剃刀边缘,可惜是一条单行道。中古欧洲盛行宫廷斗争,王侯后妃杀人的方法十分文雅,他在水果刀上悄悄涂一层毒药,只涂一面,另外一面十分清洁。他当着政敌情敌的面把苹果切成两半,苹果一半有毒,一半没有。两个人同时吃苹果,一个有心,一个无意,结果如何,谁也猜得出来。假如恋人分手像切苹果一样,最好刀上没有毒药,无奈有些人平时喜欢积存一点儿毒药,以备不时之需,最后要物尽其用才甘心。有时双方所见略同,同时暗算对方,结果两败俱伤。这就想起白光唱的那首歌:"如果没有你,日子怎么过,反正肠已断,我就只能去闯祸。"

三十三

　　咳，有人闯下了滔天大祸呢？人比人，那些小淘气、小捣蛋就可爱了。新闻报道，有个救火队员开了消防车去拜访女朋友，他的心里只有她，忘记了消防车不能私用。那女孩住在五楼，他爬到四楼，发现楼梯口装了一道铁栅门，他按了半天电铃也没有人来开锁，是了是了，这道铁门分明为他而设，女孩的父母已决心阻止他们来往。这在别人可能一筹莫展，然而救火队员知道怎样使用云梯，他把车上的云梯架起来直通五楼的窗口，他在窗外对着窗子诉说相思。市长常常从这里经过，市长的官邸也在这条街上，那个大情人把市长忘得干干净净，这天被市长撞个正着。第二天，这个小伙子接到了消防队长的通知，市长已经把他开除了。小伙子怏怏离队，他来到女朋友门口站住，你猜他怎么想，他希望整座公寓马上燃起熊熊大火，烧他个白茫茫大地真干净，全不念大楼里有三百老人五百儿童。

　　你猜大家怎么说，街谈巷议，这样的市长绝不可以连选连任，他怎么可以让一个小伙子既失恋又失业呢？老天爷总算有权威吧，"压伤的芦苇他不折断，将残的灯火他不吹灭"，天无绝人之路，仲尼不为已甚，为的是不给社会添制定时炸弹。失恋为大，你在酒席上见了他要敬酒，你在车上见了他要让座，你在雨中见了他要匀出半个伞。

我看见甲乙丙三个人有谈有笑,老丁失魂落魄走进来,三个人都闭上嘴。沉默了一会儿,甲说我要打个电话,起身去了,乙举腕看表,对丙使个眼色说时间到了,相偕离座。他们为什么躲着丁呢,因为丁刚刚失恋。唉,你们住在一个村子里,你能躲他躲多久呢?你们是桌子挨桌子的同事,你又能躲多远呢?至亲好友出了车祸你能帮他,邻居失了火你能帮他,要是你的伙伴失恋你难道不帮他?帮他也就是帮你自己啊。

爱情如水,水能载舟,亦能覆舟。恋爱如游泳,失恋如灭顶之厄。你如站在岸上,要伸过去一根竹竿;你如在船上,要抛给他一个救生圈;你如在水中,要游过去给他一条手臂。水中救人有诀窍,别让他死命抱住,同归于尽。水上人有公约,轮船在大海航行,一定要救援遇难的船,今天你救人,明天人救你。开车出门的人也有不成文的公约,如果你前面有辆车熄火抛锚,你不可风驰电掣旁若无人而去,除非你醉酒驾驶,除非你车中有人急病待诊。

人生如暗夜独行,天边那一点星光,很弱很远,但是很有用。你是别人的星光,别人也是你的星光,"生命线"服务电话,情感顾问的专栏,也不过天边一颗星罢了,有星就好,你不能专门指望为你出个太阳。

某女士主持一个广播节目,常常在节目里回答爱情问题,她也是一颗星光。她先向个中先进请教,那老前辈预料来信必定很多,所谓有问必答,也不过十中取一、百中取二。老前辈定下了优先级,第一优先,问题人人有需要,答案人人能做到。第二优先,只要来信的人自己有需要,答案他也能做到。有人问女朋友要过生日了,我该送她什么东西才好,这好办,送半打玫瑰花。有人问男朋友要入营服役了,我该送他什么东西才好,这也好办,你去买两打信封,每一个信封都装上两张信纸,都写好你的姓名地址,都贴足邮票,教他带着这些信封入营,叮嘱他随时给你写信。

有话即长,无话即短。这天广播明星收到一封长信,打开一看,这事可麻烦,来信人是个入营的壮丁,他和一个女孩相爱已久,女方家长极力反对他们结合,他们不顾一切,女孩为他怀了孕,女方家长也不顾一切,把女儿锁在家里,逼迫打胎。这件事如何是好?这事难办,干脆拿起来往字纸篓里一丢。过了几天,那青年又来一信,这回是挂号快递,急如星火,他到女家去求情,不但女方家长尽情侮辱他,连女孩也不理他了。他越想越不甘心,越想越气愤难平。广播明星一看,这事更难办,一把抓起来,再往字纸篓里一丢。

广播明星以为这事过去了,谁料报纸以头条地位赫然报道灭门情杀血案,前因后果,人名地名,跟先前那两封信完全相同,她忘了入营的壮丁有枪!明星连忙把字纸篓翻过来寻找那两封信,哪里还有踪影。赶紧告诉老前辈如此如此，老前辈大吃一惊，提出警告，再也休提那两封信，你绝对不可承认曾经收到那么两封信。老前辈又喟然长叹，如果当时你回了信，现在可以招待记者，回信当然是敦敦循循，苦口婆心，报馆会拿你的信当醒世通言登出来，你的知名度马上提高几倍。老前辈想了一想又说，你没回信也好，如果你回信，他一定再来信，说不定人也找上门来，纠缠不清，也许最后迁怒于你，把你当作目标。电话要收线了，老前辈忽然提高了声音，如果你当初写信劝，说不定他真的放下恶念，丢弃屠刀，他除非发了疯。行凶总是万不得已，人只要能找到借口，总愿意退出绝路，他可以昭告天下，某某大明星真会劝人，若不是他劝我，我早已演出杀家来了。可怜这人想必连一个台阶也没找到！明星放下电话，发起怔来，这老前辈恐怕老糊涂了，一番话简直前后矛盾，语无伦次，莫非正巧赶上他喝醉了！

三十四

　　世上为何有那么多人要喝酒呢？喝酒有什么必要呢？那时我是小孩子，人生对我是一卷机密，那时有两样东西风行各地，一样是酒，一样是鸦片。人为什么要抽鸦片呢，鸦片烟是什么滋味呢，我是长辈眼中的小动物，谁尊重我的好奇心呢。好不容易有个人愿意回答我的问题,这人立刻变得对我非常重要,我觉得他的音容至今如在目前。他说那滋味没有办法形容,他笑得眯上了眼,他的声音又轻又柔可以绕指。他问你谈过恋爱没有,恋爱是什么滋味,你说得出来吗?那时我愣住了,我只顾琢磨恋爱,忘了鸦片。

我愣着愣着鸦片禁绝了,原来卖鸦片的地方改成酒铺,长辈们不许少年人喝酒,长辈们只鼓励少年人读书。终有一天少年人读到了"如醉如痴"这四字成语,大家读它写它想它,终有一天酒和书在这里合流,少年人喝文字酿成的酒,念酒变墨水写成的文章,我们都是这样长大的。

没有鸦片了,只有酒。恋爱既然如醉,醉不也仿佛恋爱吗?人一旦失去了爱情,就企图用酒来复制。酒有百害,禁酒可以溯自大禹算起,现在造酒卖酒仍是大生意,以酒醉代恋爱的人也只有不计后果。复制爱情也还有别的方式,金婚纪念银婚纪念都能使年光倒流味蕾复活,爱情歌曲爱情电影爱情小说是各出心裁的爱情复印机。有人特别喜欢做媒,做媒做成了姻缘,媒人也甜甜蜜蜜,他得到的报酬是仿佛自己恋爱。

供应爱情复制品是世上一大行业,看名山胜水或者也是在复制吧,有人说徜徉山水可曾把她忘记,忘记爱情有那么容易吗?欲把西湖比西子,山是眉黛聚,水是眼波横,情人脸上有山水,山水间又何尝没有情人脸?情人化入山水,山水凝成情人,痛苦升华了,记忆却更深刻。这境界再向上升，就要离尘出世；向下降，就回到人间再爱一次。下次恋爱可能复制了上一次，或者是复制了初恋，这是恋爱的规律，人生的规律，有一天你弄清了这些规律，人生对你也就由极机密变成大公开了。

还有别的规律吗？恋爱的人是傻子，失恋的人是疯子。恋爱的人傻中带疯，失恋的人疯中带傻。傻不难，难在自知其傻；疯无妨，可怕在不自知其疯。人有两个自我，第一自我控制第二自我，上士喝了酒，自以为是上校，第二自我告诉他，见了上尉仍然得先敬礼。名家奏曲，令你入神飞升，听到极美妙处，人间即是天上，第二自我告诉你，这天上仍是人间。音乐的尖峰可驻不可久，总要由高处下降，远处回归，爱情也是一架升降机，上上下下，患得患失，水不足以止渴，饼不足以充饥，这就不免令人荒废课业，怠忽工作。这就需要第二自我提醒第一自我，恋爱就是这个样子，一如音乐会就是那个样子，你不可没有那种感觉，你也不可企图长久生活在那种感觉里。

那种感觉到处可以发生，下次经过喷水池，你停步多看几眼，你看那水柱拔地而起，玉树冰花节节涌高，它在最高处停住，散开，珠圆玉润，别有绚烂。它披麻而下，错落入池，听它敲出一串琴音，看池面涟漪微荡，漂着些笠形云影，张力温柔，抱起游鱼。水柱升上去，落下来，再升上去，再落下来。既然一定落下来，释迦说不必看了,但是我们说还是该看,看它升,看它降,看它再升,在这种循环动荡中安排自己的立足点。

每个人都得学习怎样控制自我,享有感觉而不为感觉俘虏,出入情绪而不为情绪窒息。人是什么时候开始学习节制的呢?也许是吃糖吧,甜糖可口,可惜不久甜味就消失了,而且它怎么还在口腔里泛出一阵酸来,连忙再把第二块糖塞在嘴里,第二块糖怎么赶不上第一块糖那么甜,那就紧接着是第三块,他手里抓着第四块、第五块,倘若糖不够,他就哭,倘若糖足够,他就病。终有一天,他的第二自我表示意见,想使吃糖成为乐事也不难,你得能够享受糖的甜,你能够享受那一点回酸,你还能享受中间那一大片淡。

三十五

吃糖事小,却是整个人生的暗喻。下次学习节制也许就是初恋了吧,初恋仿佛吃糖,这糖有生命,有意志,有时让你含着,有时吊在空中。这糖还会变魔术,有时甜,有时苦,有时酸辣。你的第一自我苦恼极了,你的第二自我表示一切情况正常,一切都不在预料之外,一切都可以理解,也都可以接受。

失恋也是如此。有人讲故事给你听,你听得津津有味,他忽然停下来不肯再讲了,你还想起来就难过呢,何况紧张热烈甜蜜的爱情忽然断了。从前的故事一定有头有尾，人物先有来历后有结局，事件先有原因后有结果，故事若是有头无尾，听者就像摔了跤，扑了空，正义感同情心白白激动了一阵子无处安顿，心中不免怏怏怅怅或者愤愤。

故事有故事的法则，作家可能以反法则为法则，他故意使故事没有结局，他故意使你郁闷、使你悬念、使你激荡，故事在你心中造成山洪，你得自己疏引宣泄。失恋就是这么一件事，一个好故事没有下文。

失恋了，怎么搞的？不知道，但是自此以下你的第二自我全知道，世界是与我幽明异路了，什么父母兄弟姊妹全与我无关了，什么文学艺术不过一堆垃圾罢了。思潮汹涌，想喝酒，想信教，想杀人，想自杀，想出家，想升大官发大财，想砸毁百货公司的橱窗，想把手掌放在烛火上烧烤，想在联考的考卷上画满乌龟。这些念头都要来，来者不善，你就准备对付吧。失恋可以毁灭一个人，既然料到毁灭要来，那就兵来将挡、水来土掩。面对失恋一如面对感冒，在发烧以前你就知道要发烧，在咳嗽以前你就知道要咳嗽，那就发烧吧，那就咳嗽吧，好在有药可以消炎，有药可以止咳，那就看医生打针吃药吧。种种症候都可以减轻，可以防范，种种症候都顺其自然而不任其泛滥，种种症候都不会造成大病大祸，种种症候终将成为过去，健康在前面等着你。

唉，古人恋爱是大逆不道，所逆者父母，今人不恋爱是大逆不道，所逆者天神。天神当初把一个人劈成两半，目的是教你为爱丧志，失恋尤其是他的精心设计。可是，可是人也没有那么简单，人能顺天也能制天，飞机轮船都是制天而用之。人的第一自我顺天，第二自我制天，失恋的一系列变化都在第二自我的观察之下，你既是病人又是护士，你既是预言家又是历史家，你既是画家又是模特儿，然后就像画家完成了作品，你渡过了幽谷。

出幽谷迁乔木，你可以继续去创造高一级的人生，你并不是天神手下的刍狗，你和天神对弈，努力赢了一子。你应该喜悦，你值得大家登门道贺。

恭喜恭喜，过年还值得恭喜呢，比较起来，过年算什么。打赢了篮球还值得恭喜呢，比较起来，赢球算什么。恭喜你的孩子学会加法了，恭喜你的孩子学会减法了，幼儿园的老师说过这句话也就算了，想不到天长日久，以后这句话还用得着。你看那些恋爱的人，连最基本的加减法都用错了，错在哪里？"相看两不厌，只有敬亭山"，我们就拿这两句话形容恋爱吧，你把种种秀丽加给敬亭山，你把种种雄壮加给敬亭山，你把种种幽胜神秘加给敬亭山，日日夜夜有加无已，非坐在敬亭山对面不可，非住在敬亭山里不可，非死在敬亭山上不可，失去敬亭山等于失去天下一切名山。恋爱就是这样使用加法，这样的加法只能用于作诗。

三十六

诗人拜伦有过一个心愿,他希望天下美女共生一个头颅,他只要一吻就把她们吻遍了。天下恋人都有这个梦想,一个男子若是真心爱一个女子,他就把东邻西舍之美、南国北地之美都加给她,花容月貌本来彼此差之毫厘,公主和丫鬟都是两只眼睛一张口,情人眼里出西施,那一双眼本来就近似西施而远不似金刚,你朝她望着望着,深情款款,身似浮云,心如飞絮,终能从她脸上望出历届世界小姐电影皇后来,你吻她也就吻了古今中外所有的美女名媛。

我有个忘年小友恋爱了,不用说他应该快乐。有一天晚上他忽然囚首垢面地来找我,我这一惊非同小可。他坐立不安,掏出一个日记本来查看,他提出一个非常奇怪的问题,世上有没有一个妓女像公主一样高贵呢?没有,一定没有。一个女孩像天使一样纯洁,她会不会是一个妓女呢?不会,一定不会。他的日记本上记着许多事情,她怎样微笑、怎样动怒、怎样垂泪,她的行走坐卧、她的回眸流盼,日记本上写得明明白白。看他如此蕴藉,如此雅致,多少大家闺秀要退避三舍,我在一旁看他演算加法。

日月双丸一掷梭,情海自古多风波。又是一天黄昏,忘年小友再度光临,他哭出声来,他说她果然是个妓女,他看见别的男人拥抱她,他大闹一场,她就踪影不见了。他竟把神圣的情感奉献给这样一个下贱的职业,简直心痛得不能活了。他又拿出日记本来,他像翻检档案一样认真,她的喜怒哀乐显然是妓女的表情,她的迎拒授受显然是妓女的动作,连她的呼吸里都有风尘,真叫人痛心啊痛心。他说了又哭,哭了又说,好容易喝下一杯牛奶,好容易洗了一把脸,好容易把一支又一支香烟停下来。

我和他有一场恳谈。你见过天使没有?当然没有。那么你怎知她是天使?你见过妓女吗?没见过。那么你怎知她是妓女?他沉思良久,我坐在一旁看他演算减法,她不像公主也不一定是妓女,她以前没那么高,现在没那么低,你以前把她加成一百,其实人哪会是一百呢?你现在把她减成零,其实人哪会是零呢?

我想起一个女孩,她还在读高中,好多有钱的太太要收她做干女儿,她有五个干妈。她没有把干妈放在心上,她心里只有一个干哥哥,他在篮球队里打前锋,她天天盯着看,看他运球,看他上篮,他扭伤了手替他抄笔记擦皮鞋。有一天忽然她看见另外一个女孩替他往手上擦碘酒,这怎么可以,这怎么得了,她什么不能想也不能做了,她觉得被人当作蝼蚁践踏了。女孩啊,你在爱神脚前自以为是零,等到爱神转身以背向你,你又突然觉得自己是一百,其实你本来并不是零,现在也不是一百啊。

恋人啊!如果你自以为是一百,你要减去一些;如果你自以为是零,要增加一些。你5岁就学会了加减,也许到老才会用它。加减之用大矣哉,并不仅仅是计算鸡有几条腿,路边有几棵树。鸡有几条腿有什么要紧,路边几棵树有什么要紧,一旦答对了还要心花怒放,如果学会了人生怎么加、怎么减,那是何等轻松愉快。失恋不过是一张考卷啊!

三十七

情场如考场,考卷上有两道题目,如果第一道题目答对了,第二道题目最好也能答对,如果第一道题目答错了,第二道题目最好不要再错。有人拿过考卷来一看,第一道题不会做,索性第二道题也不做了。考试不能 all, or, not, 考试是得一分算一分,没有一百分有八十分也好,没有八十分有六十分也好,无论如何不能有零分,天道忌满,人道忌零。恋爱不是零,恋爱是双方都赢的一种赌戏,例如一吻定情,究竟是谁占了便宜呢?男女恋人打赌为戏,如果男孩赢了,男孩吻女孩一下,如果女孩赢了,女孩吻男孩一下,这一吻哪有借方贷方呢?这一吻哪有收入支出呢?

这笔账有情不必算,无情不能算,情尽缘了,挥手自兹去,江上数峰青。当初热情似火,你们甘愿付出,甘愿奉献,认为奉献就是收获。一旦火过成灰,急转直下,一切收入又立刻视同支出,根本用错了算术。失恋不是零,失恋使人学到许多东西,一生受用不尽。同样两个人，一个人有恋爱经验，一个人没有恋爱经验，前面那个人会比后面那个人聪明一些。同样两个人都在恋爱，一个人没失恋，一个人失恋了，后面那个人又会比前面那个人聪明些。"故天将降大任于斯人也，必先苦其心志，劳其筋骨，饿其体肤，空乏其身，行拂乱其所为，所以动心忍性，增益其所不能。"就算写情诗吧，也是有失恋经验的诗人写得好些。

有人说爱情像鲜鱼，容易变坏，那是鲜鱼，不是爱情。爱情是深水神龙，即使终将入海随烟雾，生命力却遍及每一波浪，大海为之摇荡。没有人见过它死，它在传说中永生，只在此海中，天光接水光。海知道它在什么地方冬眠，海知道它在何时苏醒。如果恋爱的人能制天而用，如果恋爱的人能以他的反抗精神反抗一下自然律，这个境界就是他的世界。完全反抗自然律的人是真疯子，完全顺从自然律的人是真傻子，该服从的时候服从，该反抗的时候反抗，有时七分服从、三分反抗，有时三分服从、七分反抗。

这里有个超级富商，他偶尔小饮，他绝不在酒后开支票，他既不疯也不傻。"醉枕美人膝，醒握天下权"，对美人要醉，醉了方觉情浓，握天下权要醒，醒时方知权重。醒枕美人膝，傻矣，醉握天下权，疯矣。但愿长醉不愿醒的人做什么，好，那就披发弄扁舟去吧，弄扁舟也得当心翻了船，千万不要捉月而死。醉后岂止不可以握天下权，也不可以开支票，也不可以弄扁舟，不疯不傻，知道自己该在什么时候做什么事。

　　新闻界有位大人物,一生事业,颠倒众生,他从来不同时做两件重要的事。年轻人多半喜欢一面吃饭一面看电视,生理卫生有一课,你如果看电视,血液向脑集中,你如果吃饭,血液向胃集中,你若同时做这两件事,既损脑力,又碍消化,逐二兔者不获一兔,左手画方、右手画圆则两事难成。你当然不该一面准备考大学一面恋爱,招生委员会只问你数学几分语文几分,从不问两情深浅几许。有人为了爱情不要江山,那是供人咏叹欣赏,不是供你追随仿效。你不必为了爱情不上大学,你上了大学以后更可以有爱情。温莎公爵放弃了王位,依然得到美人,这是千古佳话,倘若他江山美人两头空,那就成了笑谈。

三十八

　　佳话可传,佳话稀有而难为,稀有而难为者易传,易传者动人,动人者惹人标榜。我看见一个女孩毅然退学,她到餐馆里端盘子,她支持她的爱人拿到博士学位,一时传为佳话,佳话也只是一时,那家伙跟另外一个女博士结婚了。我听说有个男子非常爱他的妻子,妻子的一只眼睛瞎了,他情愿把自己的一只眼角膜移植到妻子眼中。他的妻子美目流盼恢复了光明,她秋波一转,发现丈夫是一只独眼虫，她无法忍受她的丈夫是这种形象，不久他们就离了婚，这话何佳之有。

　　既称佳话，自来稀有，既然稀有，不是常态，行非常之事须待非常之人。你早晨上学，搭上了公共汽车，这话何佳之有？不值一谈。我的朋友是怎么恋爱的，我早已忘记，千百里外不知姓名的人怎样恋爱，我倒能说它个滔滔不绝。一个坐轮椅的女孩，5年形同瘫痪，但是她很幸福，她的白马王子始终情深不渝。订婚那天出现惊人的镜头，未婚夫拉着她的手，给她戴戒指，她忽然顺势站起来，差一点把他吓昏了。你知道空军飞行员是什么样的人吗？他们经过千挑万选，出类拔萃，他要多帅有多帅，你要他多棒他就有多棒，他是在天上飞的，比起在尘世行走的人另有一种气质。可是他的工作很危险，飞机失事把他的脸毁了，泥罗汉在水里泡过洗过也没有那么难看。他的未婚妻仍然嫁给他，说得准确一些是她更愿意嫁给他，两人如期成婚，亲友在典礼进行中都有悚栗感，这一类事立即传遍遐迩。

　　大哉爱，可以不朽。人生有三不朽，一曰立德，二曰立功，三曰立言。有一年我到马祖参观，发现了人生的第四不朽，回到台北，立刻撰文公布，自以为一大发现，其实说来倒也平常。那时马祖还很荒凉，我问当地有什么名胜古迹，朋友带我去看一口古井，若干年前，女孩为了殉情，跳进去死了，哀感顽绝，乡人纪念不忘，一对情侣的姓名代代流传众口，马祖人似乎颇以产生情种情痴为荣。

唉，哀感顽绝，那个"顽"字下得郑重，百折不挠是顽，万死不辞也是顽，你有政策我有对策，千方百计总不妥协。人生的这第四不朽，可以称为"立情"。有情天不老，有情名不灭，有情则精神不死。想想古今那些殉情的人吧，他们没有事功令人感念，他们没有嘉言供人传诵，他们断然和社会对立，礼法非为我辈而设，可以说德行有亏，只因情到深处极处不可即处，也就站在人生的舞台口，轰轰烈烈算个角儿。

想当初古井生波之际魂归何处，这人间声名不过是她的遗蜕。想那人性真是复杂博大，有礼之外还要有情，有义之外还要有勇，懿行之外还有异行，老天爷不拘一格降人才，除了贪官酷吏乱臣贼子都有个位子。想我中国地广人稠，哪一村没有人为情受苦，哪一县没有人因情而死，哪一省没有人立情不朽，"厚地高天，堪叹古今情不尽，痴男怨女，可怜风月债难酬！"可怜风月债难酬，情投意合，不得偕老，于是同死，死后不得合葬，于是遥遥相望的两座坟墓都长出一棵树来，两棵树的树枝伸出去，伸得很长很长，终于两棵树的树枝缠在一起，这就是有名的连理枝。这样的树我还真的见过呢，两棵大树并排站立，树干笔直，树顶交叉在一起，树枝像把臂、像拥抱一样缠住贴紧，有些老枝竟双方合而为一，年轮和纤维为双方所共有。这究竟是两棵树，还是两个灵魂呢？它究竟是植物，还是一座牌坊呢？这确乎是恋人的形象，它不能代表君臣，它不能代表师徒，它甚至不能代表父子，天上地下再无别的名可以加在它们身上。

一切反对自由恋爱的人都该去看那两棵树，可惜那树生长在什么地方我倒忘记了。确乎有这么两棵大树，树在当地简直是一尊威灵赫赫的爱神，如果恋人有了争端，如果恋人怀疑对方变心，他们就到树下来发誓，凡是见异思迁始乱终弃的薄幸负心之人，都不敢面对这树，他怕那树伸下手臂来把他活活绞死。

这样的树背后岂止一个爱情故事？恋人到底有多少精力呢？生前忍受无限折磨，死后依然英魂不灭，他岂不是和仁人志士同出一类吗？！牛郎织女足可一面谈情说爱一面把工作做完，他们遭受天谴可能是一桩冤狱，也许他俩对工作厌倦了，搞恋爱才有理由罢工。

三十九

恋爱常被环境污染，只有跳进悲剧才洗得清。爱情伟大，伟大往往可怕，可怕才见出伟大。摩天大楼修到一百层，你站在楼下难免惴惴，把一只蝴蝶放大成一只老鹰，那蝴蝶也有几分狰狞。有人从一百层高的楼顶上跳下来可怕不可怕，何况跳下来的是个高中刚毕业的男孩，这男孩眼见女朋友变心才奋身一跳，他为了爱情，一说到爱情好像他该死。一个女孩到金店里顺手牵羊，法官问她怎么做出这种事来，女孩说男朋友没钱交学费，她不能袖手旁观，这也是为了爱情，一说到爱情好像她不该坐牢。我想每一位为人父母者看了这样的新闻都为之上心下心，做母亲的更是特别担忧。

几位太太一块儿看电视，电视机里传出一句话，意思是每个家族中都有殉情惨死之人，以前有，以后还会有。张太太立刻举例作证，她姑姑为了情郎，绝食一连十八天，粒米不沾，脉搏都没有了，心脏还在跳动。李太太说可不是，我家上代有个男人，一听说心上的女孩子出嫁，就吞下一大盒鸦片烟膏，3年后移灵改葬，发现他在棺材里俯着。向来大殓下葬都是让死者仰卧，他怎会翻身？八成他是死得不甘，在坟墓里悠悠醒转再闷死。旁边丁太太越听脸色越白，她蓦地站起，伸手把电视关了，她尖声叫道这怎么办，她说我的女儿正在谈恋爱。

爱情有万分之一是佳话，万分之一是悲剧，万分之九千九百九十八是生活。佳话是供人欣赏的，悲剧是供人咏叹的，生活才可以身体力行。佳话供欣赏，悲剧供咏叹，两者都并非供人模仿学习，闻佳话而不欣赏者其人无趣，闻悲剧而不咏叹者其人无情，但邯郸学步者未免不智。世上有人对情如此之痴，顽石为之点头。我们如果已婚，就该两情不渝；如果正在恋爱，决不玩情感游戏；如果尚未恋爱，那就准备开始。恋爱是布帛稻粱，美谈佳话乃山珍海味，恋爱是竹篱茅舍，美谈佳话乃金阶玉门。美谈佳话可望而不可即，可遇不可求，可一不可再。

有人听说瑶池王母种了一树仙桃，就不肯再吃世上的水果，殊不知人间享受正是浮李沉瓜，决不能依赖天上碧桃、日边红杏。知否知否，哪些名字供你欣赏，哪些名字供你追随，我们欣赏风尘奇侠，决不去做堂吉诃德。欣赏是欣赏，实用是实用，字典上说鼎是饭锅，你决不能拿毛公鼎烧开水。毛公鼎可贵，毛公鼎是我们民族共有的瑰宝，毛公鼎表示中国古人的冶金术造型艺术到过这么高的水平，毛公鼎并不教后人开厂仿铸一万万个复制品。

再看那运动场上，金牌选手重写世运纪录，百万观众为之颠倒，还好，这些人都有自知之明，没有谁脱下外套立刻下场。每届世运会都有人刷新纪录，即使多出十分之一秒或半厘米，也后浪前浪。到底有没有个极限？到底多高多快才算登峰造极？金牌选手好看不好做，你能在看台上鼓掌那是你的福气。情圣也好看不好做，你能在舞台下流泪那是你的福气。施比受更为有福，同情别人比被人同情有福。

爱情悲剧演不完，人们百看不厌，一面感动一面把情圣送上三十三天，散场后还是觉得自己平平凡凡、快快乐乐好。恋爱本是平凡人做平凡事，"匈奴未灭，何以家为？"倘若匈奴已灭或者匈奴不可能灭，就开始了另一种痒。恋爱乃是生活，生活中有酸甜苦辣咸，全在你怎样调和，你以任何一味为主都能做出好菜来，厨子有福了，但是还不及吃菜的人。

四十

厨师和食客有共同的要求，调和五味。所谓调和也不过加加减减而已，也不过寻求最恰当的配方而已。生活也是一张配方，"生命诚可贵，爱情价更高，若为自由故，两者皆可抛！"这是一张配方。有人说不行，你岂可为了什么什么抛掉爱情？你只能为了爱情抛弃什么什么，他提笔修改："生命诚可贵，自由价更高，若为爱情故，两者皆可抛！"这是另一张配方。你能改别人也能改，接着出现第三张配方："爱情诚可贵，自由价更高，若为生命故，两者皆可抛！"

生命、爱情、自由三者是可以分割的吗？没有生命，爱情不过行尸走肉；没有自由，爱情何异于俘虏娼妓；没有爱情，自由乃是放荡；没有爱情，生命乃是冷血。他要一应俱全，这又是一张配方。对冷血用加法，对放荡用减法，减法读禅，加法读诗。爱情是天生的，爱情的滋味是读诗词小说读出来的。恋爱究竟什么滋味，不是没人说得出来吗？诗人词客就说得出来，小说家戏剧家就说得出来，他们能说个淋漓尽致，情以文生，文以情成，才子自来多情，情人往往多才。

　　情人眼里看过多少诗词小说电影啊！教他焉得不情长。这里有位小姐，她的职业是电话总机接线员，她的嗜好是读诗词言情小说，她的工作却是跟情郎通那天长地久的电话，结果公司把她开除了，诗人非常同情她，于是有一首为她打抱不平的诗，于是电话接线生读了那首诗，都纷纷跟情人打电话。

　　有一年，作家组团到各地中学座谈。有个校长说了个笑话，他说我不懂文学，我怎么老觉得文学跟训导处作对？全场粲然，学生也忍俊不禁。情诗错了吗？没有错，情诗只管加不管减，情诗当然讴歌爱情，盐若是不咸，怎能叫盐？小伙子们读诗吧，读了《诗经》会恋爱，读了《易经》会赖债。读诗如加油，读诗如登山，读到入迷处，鸳鸯变神仙。

　　三山六水一分田，近山登山，近水游水。有些男人故作豪语，自谓一生从未为了女人着迷，即使确有其事，那也不过像是家住历城从未登过泰山，可惜而已，有何可喜。登山不易下山难，不要登上绝顶再也无法下山。我曾在高山中迷了路，山并没有东岳那样高，四望地平，已是够孤立、够遥远，日影慢慢西斜，令人紧张悲伤。如果从此在山中失踪，别人也许以为我飞升成仙了呢，其实恐怕是跌进万丈深渊，粉身碎骨，山下添了神话，山中酿了惨剧。"小老鼠，上灯台，偷油吃，下不来。"我小时候很为那只老鼠着急，后来知道了，小老鼠一定能从灯台上跳下来，能下去它才肯上来，能出来它才肯进去，捕鼠机当然不算。

难道爱情是捕鼠机吗，真有人拿恋爱当绝路走。世代相传有个男子害了相思病，吃什么药也治不好，他的父母乞灵于偏方，据说偏方治大病。父母托人向那女孩讨了一条裙子，偷偷地把裙子铺在席子底下，再让病人躺在席子上。这个秘方治好了许多人的相思病，不幸这一次出了意外，有一天病人瞧见席角旁边露出裙子的边缘，他挣扎掀起席子，他认识这条裙子，他想尽办法把裙子抽出来，他拿起裙角往嘴里塞，他吃这条裙子，他要吞下这条裙子，结果他噎死了。咳，这人是个情痴情种，美中不足的是他能上山不能下山，他把自己糟蹋了。糟蹋别人当然不可以，糟蹋自己更不可以，爱情一定要把谁糟蹋一下吗？何必假爱情之名以行呢！那病人尽管大病一场，尽管调养几个月，尽管再去顶天立地做个人啊。

顶天立地做个人不容易，听听民间传说吧，动物植物全想做个人，花草树木修炼千年才成人形，狐狸修炼500年才去掉那条尾巴，他们经过多少折磨才熬成人。狐狸知道此身得来不易，它最懂得爱惜自己，以致精明自私的外号就叫老狐狸。有人说殉情自杀是自私，他们真个是自私吗？我倒宁愿他们自私一些，稍稍自私，不要太多。人心不古，人人自私，但自私而不自害的又有几人，有几人能加加减减自私得恰到好处，孤注一掷岂能称为自私，拼死一醉岂能称为自私，一意孤行岂能称为自私。

四十一

　　天下恶乎定？定于一。爱情恶乎败？败于一。"光棍怕一，皇帝怕二"，怕二者见二必减，怕一者见一必加。爱情败于一，成于二，乱于三，所以加也要有个限度。一者孤，孤阳不生，孤阴不长，"千山鸟飞绝，万径人踪灭"，这是一种完全孤绝的感觉。当赌徒狂赌时，他是孤独的；当士兵在战场上冲锋时，他是孤独的；当冤狱死囚临刑时，也是孤独的。孔子在齐闻韶时陷入孤独，他老人家三个月不知肉味，夫子一向食不厌精，脍不厌细，沽酒市脯不食，饮食甚为考究，但是厨师败在乐师手下。

　　一种感觉可以压倒另一种感觉。我认识一位饮者，他夸口说今生要尝遍天下美酒，他反对吃菜下酒，倘若酒好，酒味压倒菜味，倘若菜好，菜又压倒酒味。热恋的感觉足以压倒其他一切感觉。新闻报道说，有一对恋人在山上幽会，他们两天只吃下一根香蕉，他们完全忘了饥饿。热恋使人食不甘味，寝不安席，好像练就了金钟罩铁布衫，刀枪不入，卿卿我我，茫茫苍苍，五伦不存，六亲不认，皇天不覆，后土不载，他们毫不关心别人，别人也休想改变他们。

　　唉，他们是孤独的。朋友若是老于世故，明明看见他做错了，也由他去错，谁忠告善道谁碰硬钉子。爱神是瞎子也是聋子，如果朋友不忍袖手旁观，如果朋友还肯劝善规过，这人够朋友，然而转眼也就失去。人每次恋爱都会失去一两个朋友，恋爱能化友为敌人，每次恋爱都会得到一两个仇敌，情敌还不在内。培根说没有爱人没有仇人都使人寂寞，你看只要热烈地恋爱一次，两者就都有了。

换个角度，人陷入了恋爱还能闻善言则拜，这人可真了不起，他在恋爱的感觉之外，还有能力去感觉其他。想那古圣先贤，最怕人在恋爱中独沽一味，他尽在那儿念退烧咒、浇冰水，他希望爱情、亲情、世情能保持相当的比例，这就惹得小伙子们骂声不绝。无奈古圣先贤和世间朋友不同，你骂他他不跑，他不肯和你绝交，他永远在那儿诲人不倦。直到有一天，也许20年后，你想想那白胡子老头儿确有见地，有些东西被男孩女孩丢进垃圾箱，等到男孩女孩做了祖父母又把它捡回来。什么叫不朽？丢弃了再捡回来，丢弃了再捡回来，这就是不朽。

流芳百世不朽，遗臭万年也不朽。英国哲人罗素说过，有一年教皇莅临某某教区，主教陪他看附近名胜，两人登上高塔，主教忽生奇想，他说如果我那天把教皇由高塔上推下去摔死，我岂不是就不朽了吗！唉，立德、立言、立功、立情之外，立异也可不朽。你看《金氏世界纪录大典》所列的世界纪录，标新立异，无奇不有，不朽之功罪难分矣哉。这些前例是否启发了后人、激励了后人呢？

有一位西方贤哲不是说过吗,活人受死人支配。殉情已形成传统,代有其人,史不绝书,从今而后,世上总有失恋自杀之人。他是谁,我希望他不是我的邻居,不是我的亲友,不是我的读者。希望他不是你,你恋爱,你失恋,你痛苦,你几乎活不下去,你终于再生。这个上不了《金氏世界纪录大典》,你恋爱也不是为了世界纪录。《金氏世界纪录大典》为异数而设,我们是在常情常理中生活,我们对异数宜乎嗟之、叹之、景之、仰之,不宜学而时习之。有人习字想学郑板桥,内行告诉他学书不可由板桥入手,要学去学二王颜柳。有人习画想学徐文长,内行告诉他学画不可由文长入手,要学去学北派南宗。板桥、文长是艺术家的参考书,不是初学的教科书。有人爱种玫瑰,他家一棵玫瑰越长越大,长成一棵大树,开了一千朵花,电视镜头围着它转了两分钟。你怎么个学法,园艺哪有这一课。陶朱公三致千金而三散之,他带着西施做神仙去了,咱们学学看,咱们没有千金可散,咱们散尽千金一文不名也做不成神仙。咱们老态龙钟找个地方做乞丐去。

四十二

说到异行,想起武训,他求乞兴学是出名的义行,也是异行。武训怎么对付逃课的学生?他咚的一声跪下了,结果再也没有一个学生敢逃课了。咱们是不是也想学一学？台湾有个新从师范学院毕业出来的青年，他以满怀理想面对一群顽劣儿童，他在百宝出尽一筹莫展之时想起武训，他在讲台上突然跪下了。你猜怎么着，全班学童大笑大乐大跳大闹，校长大惊大惑，教育局大忙大乱，家长大叫大怒。

陶朱公高风亮节，武训特立独行，千古之下栩栩如生，小说、大戏、鼓词、民歌一唱三叹绕梁不绝，应该不朽，已经不朽。你如果也照样来，至亲好友必暗中骂一声该死。该死者应该速朽，也不该强作不朽。说书演戏要招徕大众，恋爱何必，当朽则朽不也是一种幸福嘛，只有天知、地知、你知、我知不也是一种甜蜜嘛。

假使恋爱像兼差一样，每天划出一段男友时间或女友时间，到了时间就去做情人该做的事，细水长流，水到渠成，好事得偕，正业不废。假使恋爱像听音乐会一样，每星期有一次两次陶醉了，蒸馏了，悠悠醒转，还原现实，没有惊世骇俗，避免摧心裂肝，最后结尾来个老套：他们生活在一起很快乐，岂不很好！岂不更好！恋爱不正是为了生活在一起很快乐嘛。不求人知，人亦不知，以私事始，以私事终，默默无闻，没有消息就是好消息，平庸不也是一种幸福嘛！

君子有三乐：过平安的生活，读曲折的小说，看惊险的电影。千万别把它弄颠倒了，看平庸的电影，过惊险的生活。"文似看山不喜平",小说电影哪个不求奇峰突起、引人入胜,小说作家、影剧编导天天寻觅新构想,他们欢迎一棵玫瑰开花千朵,或一棵玫瑰千年不开。

我见过他们怎样工作,男欢女爱,你非我不娶,我非你不嫁,终于发了喜帖,终于去登记了户籍,这故事老掉了牙,很难讨好。换个安排吧,让两个人苦恋热恋,死去活来,两个人不结婚,他们从开始就没想到结婚,把结婚和恋爱两个观念分开,你看这点子有多新。光恋爱还是太俗气,教他们俩爱透了,爱腻了,教两个人都觉得自己太幸福了,人生除此以外万事无聊透顶,这样的日子何必越拉越长,两个人一商量,拉着手从摩天大楼上跳下来啦。人家失恋才自杀,我这故事相反,你看这点子有多新鲜。

编故事是职业,职业是生活的手段,拿到故事费还不是图个丰衣足食全家安康。谈恋爱的人何必跟小说电影学呢,又不是为了招引人家花钱买票来看咱们。少年维特是自杀的,少年维特的读者也买套燕尾服穿上去跳河,维特是歌德的化身,歌德失恋并没有自杀,不但著书还搞文化运动,不但搞运动还结婚,60岁以后还跟年轻女郎谈恋爱。维特和歌德到底哪一个了不起?他们一个是小说人物,一个是现实人物,论小说人物要数维特,论现实人物要数歌德。

恋爱是诗,后来走入现实,现实的第一步就是婚姻。婚姻在诗与现实之间，恋爱以结婚为战略，以结婚为依归。"结婚是恋爱的坟墓"，坟墓就是结局，就是归宿，就是终站。终站并非死亡，河以大海为终站，你能说河死了吗？河并没有死，河是保存在海里了。爱情是一种流质，它需要以婚姻为容器，人对爱情越重视，也对婚姻越重视。恋爱虽然美丽，但是不能永久，它有个顶点，过了顶点就下降，爱情可能退潮，可能流失，只有落实在婚姻里才永久。

继续强调下去：恋爱是旅行，结婚是回家。恋爱是彩排，结婚是公演。恋爱是楔子，结婚是正文。恋爱是摄影，结婚是冲洗。恋爱是缩小，缩到只有两个人，只有两颗心，再进一步缩到共有一颗心。这样怎么生活下去？结婚是放大，由两个人放大到两个家庭，再放大到两个社会。你说婚姻不过是一种形式嘛，这个形式可要紧得很哪，婚姻是一种形式，恋爱也是一种形式，恋爱借形式滋长爱情，婚姻以形式保存爱情。

四十三

婚姻是爱情的另一种形式。婚前婚后，世事大变，项链变成钥匙，花手帕变成抹布，香水变成油烟，诗集变成账本。怎么受得了？因为爱情仍在，古人说"道在尿屎"，婚后的尿布里也包着爱情。有人说结婚是另外一种失恋，我说结婚是另外一种恋爱，从结婚起，你对她重新恋爱一次，来日方长，你也许还可以有第三次或第四次。这种恋爱的滋味谁能说得出来呢，饮过这一瓢水才算真正领受了爱情的甘美啊。

感谢女人，女人是婚姻制度的大功臣。女子勇敢，为了婚姻不计利害。她们喜欢听故事，早知道玛莉和乔治恋爱，早知道乔治常常陪着玛莉在林中散步，走着走着，玛莉摔了一跤，地上隆起的树根把她绊倒了。乔治连忙把她搀起来，替她拍掉尘土，问她受伤没有。乔治说是我不小心，没把你照顾好。后来两人结婚了，结婚以后两个人再到林中散步，乔治一路看云看树看鸟，当他看落叶的时候，听得扑通一声，玛莉又被树根绊倒了，乔治在原地站定，他回过头来看在地上挣扎的玛莉，他问怎么了，你出门忘了带眼睛吗？女孩子听完了这个故事，悄悄地叹了一口气，她还是毫不迟疑地去结婚。

还有，阿娇和阿强也恋爱了，阿强常常请阿娇去喝咖啡，两人面对面隔着一张小桌子坐下，阿强小心翼翼地问：我可以抽烟吗？他一边抽烟一边把落在桌面上的烟灰小心翼翼地扫成一堆，烟抽完了，胳臂弯儿往里拐，把烟灰朝自己这个方向扫，把桌面擦得干干净净。后来两个人结婚了，婚后阿娇跟着阿强去喝咖啡，两人面对面坐下，阿强掏出香烟便抽，一任烟灰落在桌面上。终于他也觉得桌面太脏了，他决定清理一下，你猜怎么着，他鼓足一口气朝着桌面猛吹，朝对面吹，朝妻子那个方向吹，一阵飞花落絮都扑到阿娇怀里去了。女子听到这种故事，悄悄叹一口气，她还是勇往直前结了婚。

女子是婚姻的主角，你见过一道测验题吗？你一看到"结婚"两个字，立刻想起什么？百分之六十五的人回答说新娘，新郎才占百分之二十。有一个答案是房子，有一个答案是账单，还有一个答案说是岳父，真不知道他老人家这时怎会冒出来。好吧，把岳父大人请出来，他也是个重要角色。你相信民意调查吗？情侣为什么不结婚，百分之四十四准岳父反对。准岳父大叫冤枉，女大不由爷，我又有多大能耐。

恋爱的理由只有一个，不再相爱的理由有一千一万个。有个女孩想换男朋友，她开始每星期天上教堂，然后她不睬那男孩，上帝不准他们做夫妇。男孩大惊，我也是教徒，为什么明示默示上帝都没给我！失恋这等事太平常了，太平常的事上帝不管，上帝只管非常大事，上帝不管的事由我们自理。商业学校教人怎样赚钱，也教人怎样破产；军事学校教人怎样攻击，也教人怎样退却；海事学校教人怎样航海，也教人怎样弃船。如果有人写"计划人生"，总该有一章写怎样失恋。

人生不如意事常八九，工业社会加速旋转，离心力随时可以把人抛散，多少人匆匆如流星过眼，不知何来、不知所终，别人看我料亦如是。桃花流水杳然去,油壁香车不再逢。孟姜女只能把自己哭死,不能把长城哭倒,精诚所至,金石依然针插不进、水泼不透。恋爱如饮酒,失恋如潺潺出血,怎样止血,怎样止痛,怎样消炎,都是现代生活常识。假如有人写"计划人生",他该劝人珍惜爱情而不太在乎失恋,他该主张失恋是一种生活方式。

对!把失恋列入生活方式,现代人不是把搬家列入生活方式了嘛,现代人不是把接受电视广告列入生活方式了嘛,而今人人有失恋经验,而后只有电视剧里有人为失恋抛弃生活,人不必因失恋而停止生活,人可能因失恋而改变生活。

四十四

爱和恨都可能改变生活。爱和恨都产生力量也都消耗力量,改变生活就是加强消耗。恨产生的力量可以用爱去消耗,爱产生的力量不可用恨去消耗,若是既失去爱又没有恨,那身心潜能总得有个出口,否则郁积日久要生癌症。中古骑士为爱情浪荡江湖行侠仗义,为的把那一身精力抖落干净。可是现代人呢?好多年前,台湾山地某乡的小学校长到台北物色教员,他那地方太偏僻,不容易延揽人才。有人劝他去请张三,张三正失业呢,张三说你们要到山沟下面接水喝,我不去。那就去找李四吧,李四已经办了退休,李四怎么说呢，你们那些学童都大便后不揩屁股，你们教室里好臭，我不去。

这怎么办呢？校长几乎绝望了，可是他终于请到一个好教员，年纪轻，学历高，在大衙门上班，甘愿辞职转业下乡。这不太奇怪了吗？一点也不奇怪，这人刚刚失恋，需要改变生活，俯首甘为孺子牛。人之初，性本善，情场得意要行善，情场失意也要行善，得意行善不过给乞丐一张大钞，失意行善却要送乞丐一栋房子，他自己甘愿露宿街头。失恋后为善，善得出奇；失恋后为恶，也恶得出奇。月月年年，知觉恢复，锐敏心肠又柔软了，再不饮酒如饮水，时而饮水如饮酒，火山休眠，草木萌发，春到人间，这是今生今世一大轮回。

所以恋爱要趁年轻，老年没有时间轮回。恋爱也不要太年轻，少年恐怕没有能力轮回。没有轮回就没有来生，没有来生就灵魂永远在刀山上油锅里。日出日没，花谢花开，所罗门皇帝一世荣华不如一朵百合。王朝一去不返，百合来春再发，年年岁岁花相似，古树开花，那花也如初造。花的颜色常新，花的香味常新，日光之下无新事而有新意。天地长在，每年造一个新春给我们。年年有新春，代代有新人，恋爱只要出于真情，也永不陈旧，人生代代百看不厌。观众看电影，看见男主角女主角牵着手在海滩上跑，他会说老套又来了，其实高明导演的镜头节奏能使人生百态产生新意，而且社会不断地变化，新素材也不断出现。同是男主角牵着手，夏天在海滨浴场值得你看，春天在大学的校园里也值得你看。

某大学的老校长，这天忽然来到学生宿舍，他敲门进入一个房间，事出突然，学生慌乱。老校长环顾室内，这间宿舍老校长住过，40年前他是本校的新生，他以凭吊古迹的口吻喟然兴叹：一样的房间！一样的男孩！然后他去看衣橱：一样的衣橱！他拉开衣橱，里面赫然塞着一个女生，老校长喟然再叹：一样的女孩！那男生立刻上前解释，这是我的表妹，她有件要紧的事情来找我。老校长喟然三叹：一样的谎言！

老校长真是老了，他已不能发现新人新事，回忆支配一切，过去就是未来。衣橱也许一样，房间也许一样，男孩实在不一样了，女孩也实在不一样了。人生喜剧是不会随着舞台变旧的啊！年轻真重要，人是照片，年轻是感光，壮年是定影，老年是放大。人一生都在重复他的年轻时代。今天做一个年轻人不容易，宋朝明朝年轻人只有一门功课。今天中学生有十门功课，从前年轻人不问政治，今天他们由区公所管到黎巴嫩。

从前年轻人静待父母之命，今天要自己谈恋爱。人生如盖屋，古人盖一座简单朴素的房子，今人盖一座精巧复杂的房子。年轻时谈过恋爱的人好比风景区的房子，年轻时没谈过恋爱的人好比工业区的房子。浮生若梦，有恋爱经验的人做彩色的梦，没有恋爱经验的人做黑白的梦。生命如花篮，有恋爱经验的人在花篮里放些芍药玫瑰，没有恋爱经验的人在花篮里放些松枝竹叶。生命中有爱情的人听见过管弦乐，没有爱情的人只听见过敲打乐。

四十五

比喻是用不完的。有人说人不恋爱等于独自打乒乓球，我在电视上果然看见有一种单人独打的乒乓球。有人说人不恋爱等于独自玩跷跷板，我在某某小学的校园里果然看见专供一个学童使用的跷跷板。有需要才有发明，敢问是何等样人必须自己玩跷跷板呢，是何人必须独自打乒乓球呢，他为什么逃避对手呢，他何以不能与友伴合作同乐呢，他为何不能与别人截长补短呢，他为何不能包容别人与他不同呢，为何不能忍受别人与他相反呢。

他知道不知道必须经过调整适应才可以达到圆融和谐呢，他有没有听说过胜固欣然、败亦可喜呢。我见过学校男女分班的时代，他们男生整天黏在一起，有个男生自以为他胜利了。他们发了誓、结了盟，永远对女生不理不睬，把批评女生当作正课，如果谁敢替女生把掉在地上的铅笔拾起来，这个小集团就群情大哗，鸣鼓而攻，直到那一男生一女生都痛哭流涕，还不甘休。

人家参加小集团是找乐子，他呢，却是为思想感情找寄托、找出路，结果一年级精诚团结、同仇敌忾，二年级貌合神离，小伙子们明里一套，暗里一套，三年级独立的独立，叛变的叛变，公然向女生称臣纳贡。只有那一个小男生还秉持最初的信念，非礼勿视，非礼勿言，他自以为别人都失败了，只有他成功。

人生的一大悲痛就是参加了虚伪犹不能看破红尘，看破红尘犹不能回头是岸，回头是岸犹不能脚踏实地，脚踏实地可是不能再爱别人，不能再爱别人只有爱自己，既然爱自己就得谈恋爱，既然谈恋爱就得爱另外一个人，人不独亲其亲、不独子其子，既爱另外一个人就欲罢不能也爱其他人，这也是一次轮回。

君子之道造端乎恋爱，恋爱人人都会，人人都会的事一定不难。中山先生主张知难行易，他举了十大例证，可惜没提恋爱。研究恋爱可以皓首穷经，实行恋爱不过窗里窗外而已。恋人从来先找窗子后找门，窗子是恋人的图腾。想当年青山老屋，窗棂上糊着棉纸，窗上烛影人影，窗外月影梧桐影。如此星辰，风露中宵！现在窗棂是难得一见了，用铝框围起一片大玻璃还是有魅力，隔着玻璃看窗帘更是风光旖旎，窗外人为戳破窗棂纸费多少思量，玻璃戳不破，根本不用戳，掀起窗帘看，桃花比人面。窗子虽然关得紧，门却容易推开，男朋友来了，父亲母亲都借故退出客厅。

咳，你不恋爱怎对得起先进先烈今圣今贤，他们拼命创造了这个开放的环境，不恋爱岂非逆天行事。古之人古之人，多见为爱而死，少见为爱而活。春秋时息侯亡国，息夫人入楚，楚王很宠爱她，而她3年没说过一句话。到了汉朝，这个故事长肥了一些，楚王灭息以后，一面让息夫人在宫内生孩子，一面派她的丈夫息侯在宫门外做卫兵，楚王真会折腾俘虏，人生在世千万莫要亡国啊！

　　这个故事的结尾是，有一天楚王外出，息夫人偷偷地跑出来和丈夫相会，一番抱头痛哭之后双双自杀。没有独立自主的人格，谈情说爱也难，甄后只能算个怨女，绿珠只能算个烈女，章台柳是个弱女，那些在丈夫死后不施脂粉撑持门庭的多半是个忠义之女。千古艰难唯一爱，只有卓文君算个爱情故事的女主角。现代有人怪绿珠不该跳楼自杀，也不想想那是什么时代，那个权臣为了夺取她，把她的主人抄了家灭了门，难道她乖乖地给权臣做小老婆才是理想的人生吗？

　　绿珠面临的是零和一的选择，她没有第三条路。易卜生使娜拉从傀儡家庭中出走，惹得许多人问娜拉走后又怎样。绿珠如果出走，下场岂堪想象。我们今天在外面活蹦乱跳，并非我们有三头六臂的异禀，亦非我们有穿云裂石的异能，实在是因为今天的社会给了我们一片恋爱的空间，今之人今之人，多多珍惜你的自由啊！

四十六

　　今之人今之人，舞池茶座是你的恋爱示范会，我是观众也是采风者,那天我在漆黑的咖啡室里,我是君子,但是我未能非礼勿听,我想作家都有偷看一眼偷听几句的权利。一个男生说,不管她是谁,我和她第一次约会我就吻她,他的语气相当自负。另一个男生显然不服,你吻她的时候她是张着嘴还是闭着嘴?她要张着嘴才算你有本事。第三个男生的言辞更锋利,你们有什么了不起,如果是我,要她自己张着嘴送上来,我还不一定给她一个吻呢。唉,男孩男孩,你们怎么变成这个样子呢。

另外一次,也是在咖啡馆里,几个女生笑得很大胆。男孩子,不管他是谁,如果他敢毛手毛脚,我马上给他一个耳光。喂,喂,你把他打跑了不算本事,要你打他他不跑,或者他跑掉了又回头可怜巴巴来找你才算数。喂,喂,他下次来了,手和脚放在那里,要故态复萌才有意思。女孩,女孩,你们要把男孩变成什么样的人呢,男孩女孩,你们种的什么瓜呢,你们想收什么豆呢。

恋爱好比种田,人心好比一块田,恋爱的人自己耕耘,由对方种植,种玫瑰可能收荆棘,种荆棘岂能收玫瑰呢!恋爱是三春天,杂草能在一夜之间高过禾苗,害虫能钻进花心咬嚼姹紫嫣红,下面有枯枝败叶得小心修剪,得按规定施肥浇水,得筑起栅栏,而栅栏也成为一抹风景,得把好种子撒进对方的田里,得帮助对方松土拔草,得让花香飘过去也飘过来,得把两块田在一个规划之下经营。

荒春荒春,荒原和荒年都在春天显现,春教人懒,但是人不能懒，春教人任性，但是人不能任性。春是人生一大享受，逛公园看花、看草、看蝶、看蜂，手不沾土，额不流汗，欣然忘食，那不是恋爱。恋爱是戴月荷锄，冷露沾衣，从芽看到蕾，从春看到秋，直到捡起落英，夹进百科全书，其间并无乱石嶙峋，怒枝虬曲，山洪直泻，尽管那也是一景。

常言道，镜子里是藏不住人的，箫声吹不出一片竹林来，腹有诗书气自华，胸有仁义气自侠，腹有干戈气自霸，胸有块垒气自辣，水到渠成，造作何用。恋爱是美事，在压力和挑战下以美的姿势，同样是仰泳，高手不仅游得快，而且游得美；同样是球，上篮高手不但投得准，而且投得美。时代进步，美不胜收，连作威作福都能美化，连奉迎阿谀都能美化，恶形恶状的人不配掌权，丑态毕露的不配媚权。恋爱是何等事，先天美加后天美，内在美变外在美，结果反而不美，岂不恶性重大！所以人不可以无修养，有修养才配谈恋爱。

有那么一个人，他总觉得别人谈情说爱没深度，他不屑与他们为伍。情人来了，他搜索枯肠寻觅金句，直到情人走了，他一句话都没想出来，怎么办，难道等金句齐备了，跑到女朋友家里去，一句一句背给她听？恋爱是创造，不能照本子办事。有那么一个人，总觉得电灯俗气，谈情要在烛光下才美，他买了一包特级明烛放在家里，他知道有一天用得着。这一天到了，女朋友坐在客厅里，他动手动脚找东西，说也奇怪，那包明烛不见了！他锲而不舍地找，她莫名其妙地找，直到她走了，蜡烛仍然踪影不见。怎么办？难道再买一包明烛去拜访她，在她家熄了电灯，共看烛影摇曳？

四十七

还有那么一个人，他觉得谈恋爱总是难以恰如其分，这档子事最容易出错，他天天说错、写错、做错、想错。他等恋人走后闭门思过，他把说错的地方更正过来，他跑到恋人面前重头演示一遍。这是什么？恋爱是礼仪训练吗？恋爱是红豆之事，不是俎豆之事；恋爱是风景，不是地图；恋爱是艺术，不是科学。盖大楼是照蓝图办事，谈恋爱是照心血来潮办事，恋爱之所以颠倒众生，就在它充满了变量与未知。

记住啊，中国没有爱神，全靠恋人自求多福。恋爱可以犯小错，不能犯大错。什么是小错？小错可以改正，但是不改正也没有关系。大错必须改正，可是已经无法改正。小错是爱情喜剧，大错是爱情悲剧；小错是恋爱的调味品，大错是恋爱的毒药。恋爱的大错依然在于"一"，一见钟情，一意孤行，一厢情愿，一夕风流。皇天在上，有些事你必定要做，四季有序，春华秋实，万物以时，红瘦绿肥，循序渐进，诸事皆宜。

有人说反正要结婚，何必恋爱呢，那么人最后反正要死，又何必结婚呢！自古皆有死，但是婴儿诞生后我们为他准备什么，是奶瓶还是棺材？绍兴人生了儿女，马上酿造嫁女儿用的喜酒，把这些酒埋在地下，等女儿成年再开窖出土。人生有许多过程，过程即是人生，人对每一个过程都要认真，不宜轻易省略，甚至不宜轻易缩短。

有人嫌登山费力，他租了一架直升机临空俯瞰，他怎能享受到登山的乐趣？他怎能得到山岳给他的启示？在登山的过程中，人培养人格的厚度，人在山上，人比山高，并不是登山的全部内容。少男少女情投意合，倘若坐直升机游山未免可惜，虽不能说一定抱恨终天，至少是失掉一个重要的过程。人生在世，不如意事常八九，不得已失三落四，已经够受，又何苦自造损失呢。把一切过程都抽掉，人生不值得这么悠长，长生久视，所见无非过眼烟云，只疑云雾里，犹有织女牛郎，盈盈一水间，脉脉不得语，昔为解语花，今成断肠草，……咳，你看我这意识流，流到哪里去了！

意识流啊意识流，逝者如斯夫，不舍昼夜！想我那老师熟读百家文、千家诗，他说每天黎明之前温书，他一秒钟能温一遍《原道》或《长恨歌》，仿佛镁光灯一闪，满屋子家具陈设全看见了。也有人说，他只消一秒钟，就能把全部恋爱经验重温一遍，所以初恋教人怎么也忘不了，每一根头发都数过百遍千遍，要是连初恋也忘了，其人恐怕即将入土为安了吧。

据说人之将死，神志极其清明，生平大事，都会在心头经过一次，全部过程只要几秒工夫，百年伤痛，又在这几秒钟内受遍。如果经验里有灯下酡颜，草上罗裙，如果有笑向檀郎唾，临去秋波那一转，那就紧张纾解，压力减轻，那就遗容较为安详，遗憾大为减少。人啊人，松鼠储栗，我们储爱，你不要做得太少，可是也不要做得太多。顺天而取，逆天而守，天要你迷，你偏要醒；天要你困于肉欲，你偏引发灵性；天要你流泪，你用泪洗濯生命；天要你自贱，你创造出价值来；天要你失眠，你从暗夜领受哲学；天要你痛苦，你生出同情宽容。

爱情明亮温暖而大背景阴森，爱情是冰洋上一团爝火。天地悠悠，"天为宝盖地作池，人生在世是浑水的鱼，兄弟们和睦鱼帮水，妯娌们和睦水帮鱼，阎王爷他是一个打鱼汉，也不知来早与来迟"。生命短促，祸福无常，我不疼你谁疼你，你不疼我谁疼我。世间好男好女彼此相爱，男子对女子说嫁给我吧，你千万要嫁给我，除了我，你嫁给谁我都不放心。

啊，爱是放心不下，爱是"才下眉头，又上心头"。我们庆幸，我们还能为爱哭泣。未来学的学者很乐观，人类将越来越幸福，千千万万年后，人身人心再无折磨，那时人也许只在欢乐的时候偶尔流泪，乐土无爱无憎，天国不嫁不娶。退休后数点平生，幽思怀古，到百货公司买一架爱情幻觉机，闭门谢客，初尝祖先恋爱的滋味，为伊憔悴，恨不相逢。这预言使人毛骨悚然，生趣索然。我们庆幸并未生在那个时代，年轻人啊，你不要做得太多，也不要做得太少。正是：韶光不为少年留，等闲白了少年头，老来坐在荆棘上，伤心岂独罗密欧！